重庆市出版专项资金资助

国非物质文化遗产 通识读本

第十大传承

李丽丹 著

中国民间传说

重庆出版集团 重庆出版社

图书在版编目（CIP）数据

中国民间传说／李丽丹著.—重庆：重庆出版社，
2019.9（2024.1重印）
ISBN 978-7-229-13966-7

Ⅰ.①中… Ⅱ.①李… Ⅲ.①民间故事—作品集—
中国 Ⅳ.①I277.3

中国版本图书馆CIP数据核字（2019）第199893号

中国民间传说
ZHONGGUO MINJIAN CHUANSHUO
李丽丹 著

丛书主编：王海霞 徐艺乙
丛书副主编：邸高娣
丛书策划：郭玉洁
责任编辑：肖化化 李云伟
责任校对：朱彦谚
装帧设计：王芳甜

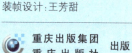 重庆出版集团
重庆出版社 出版

重庆市南岸区南滨路162号1幢 邮政编码：400061 http://www.cqph.com
重庆出版社艺术设计有限公司制版
三河市南阳印刷有限公司印刷
重庆出版集团图书发行有限公司发行
E-MAIL:fxchu@cqph.com 邮购电话：023-61520646
全国新华书店经销

开本：710mm×1000mm 1/16 印张：11.75 字数：120千
2021年6月第1版 2024年1月第2次印刷
ISBN 978-7-229-13966-7
定价：58.00元

如有印装质量问题，请向本集团图书发行有限公司调换：023-61520678

民间传说概说

MINJIAN CHUANSHUO GAISHUO

有一个美丽的传说，精美的石头会唱歌。

　　　　　　——张名河作词《有一个美丽的传说》

　　"有一个美丽的传说，精美的石头会唱歌。它能给勇敢者以智慧，也能给善良者以欢乐。只要你懂得它的珍贵呀，山高那个路远也能获得。"这是20世纪80年代，电视剧《木鱼石的传说》中动听的主题曲《有一个美丽的传说》。它在当时脍炙人口，广为流传，至今仍为很多人喜爱。歌词中的"传说"与我们所要讲述的"民间传说"，既有十分密切的关系，又不完全相同。那神奇的石头，在许多民族的民间传说中曾经出现，有时它是打开宝山的钥匙，有时它是进入海底的敲门砖，有时它是少年郎那颗跳动的心脏，虽死犹能化石为爱人歌唱，有时它是母亲那股股盼望着游子归来的身影……

　　在开始进入中国民间传说的美丽旅程之前，我们需要了解什么是民间传说，又要知道我们的旅程将沿着怎样的轨道前行，才不会在中华民族那绚烂的民间文学花园中迷失了方向，误入了神话的王国，或是闯进了历史或民间故事的天地。

民间传说是什么

　　民间传说，常常被简称为传说（Legend），它的所指有广义和狭义之分。在我们的日常生活中，常常会听到、见到"传说"，并非所有使用"传说"一词的地方都是真正意义上的"民间传说"。小说、电影、电视、网络游戏等常常使用"传说"，如2013年推出的穿越仙侠网游《上古传说》，主要是以传奇性的故事情节作为"传说"的本意，2010年颇有影响力的大型神话电视连续剧《远古的传说》（又名《华夏演义》），以炎黄时代为背景，讲述黄帝、蚩尤、神农等上古神话人物的故事。因此，广义的传说主要

陕西西安市长安区半门汉代石爷、石婆像，据传为织女、牛郎，牛郎像高258厘米，织女像高228厘米

被用于指称那些神奇故事，涵盖了一切以口头形式表达的散文体作品，凡是在民众口头传说的东西，都可以纳入其中，既包括民间口耳相传的上古神话、民间传说和民间故事，又包括以民间流传的神话、传说为基础加工创作的传奇文学。因此，"传说"在广义上是一种泛指性称谓，表示对于某些事件、人物有所听闻，而又不会信以为真，"也就是一个传说，听听而已"。

狭义的传说是民间文学的重要组成部分，指在某一群体中世代流传的，与一定的历史人物、历史事件和地方风物、社会习俗有关的口头作品。它与神话、故事相区别，是描述某个历史人物或历史事件，解释某种风物或习俗的口头传奇叙事。传说的对象既有人物、事件，又往往与某些古迹、风物、习俗等密切相连，在某个特定区域里流传。民间文学的研究者称这些流传着某个特定传说的地区或范围为"传说圈"，传说圈的形成与传说中历史人物在民间传承中影响的大小，及该地历史地理文化特点等相关联，具有一定的地理分布特点和人文历史特点。

民间传说生命力旺盛，传播范围极其广泛，同一个人物或类型的传说往往能跨越时空，在不同历史阶段展现出不同的形态，并在多个地区大量地传承，甚至出现一个传说有多个传说圈的情况。自2005年以来，国务院先后遴选和公布了多批"国家级非物质文化遗产名录"，众多民间传说是民间文学类非物质文化遗产的重要组成部分。在《第一批国家级非物质文化遗产名录》中，可以见到很多人们耳熟能详的传说，往往在一个传说编目下有多个申报地区和单位，如《白蛇传传说》就有江苏省镇江市、浙江省杭州市两个地区申报；《梁祝传说》则有浙江省的宁波市、杭州市、上虞市和江苏省宜兴市、山东省济宁市、河南省汝南县四个省的六个地区参与申报；《董永传说》有山西省万荣县、江苏省东台市、河南省武陟县、湖北省孝感市四个地区申报。这些申报地区往往都是同一个传说的不同传说圈，在这些地区传讲的相关传说可能会出现地名、人名等的细微差异，但总是有一系列相关的故事，且在情节上也会有相似性。

民间传说在早期形态上呈现出口耳相传的特点，但口耳相传并非民间传说的唯一形态，在传说的传承与传播过程中，还会以多种多样的方式保存、发展，多样化的传承方式还会影响传说情节的发展。在很长一段历史时期，史书、诗歌、地方志书、文人笔记小说等等，都是民间传说在口耳相传之外，得以记录保存、广泛传播甚至在情节上发生大的改变的主要途径。

《牛郎织女》是家喻户晓的中国四大民间传说之一，至今仍然在山西省和顺县、山东省沂源县等地区广泛流传。追溯其起源，"牛郎"与"织女"在最初只是大自然中的星宿名，后来才被联想到一起，并不断地增加情节，最终形成一则凄美缠绵的爱情传说。《牛郎织女》传说的演变过程，在志书、诗歌、戏曲和小说中，均留下了痕迹。东汉时期，应劭编撰的《风俗通义》中记载了牛郎织女传说相关的风俗：

织女七夕当渡河，使鹊为桥，相传七日鹊首无故皆髡，因为梁以渡织女故也。

《风俗通义》以记录和考证历代名物制度、风俗、传闻为主，对两汉民间流传的风俗习惯、奇闻怪谈，或记录，或驳正，曾被列入《隋书》的经籍志。应劭的这则记录表明，东汉时期民间就流传着七月七日织女和牛郎渡河相会的传说，并用于解释何以在这一天，乌鹊会髡首（头上没有毛），那是因为它们为牛郎织女相会搭桥。这一习俗在演变中渐渐发展成了七月七日"乞巧节"。这一晚，女孩子们在月夜下穿针走线、对星空祈福，希望能有一双织女的巧手。童年时，我常常听老人讲，七月七日这一天如果我们静静地坐在葡萄架下或者瓜棚架下，幸运的孩子就能够听到天上的牛郎、织女相会时的窃窃私语，能听到的都会有一双巧手。在这一天，孩子们被严格地禁止用手指喜鹊，据说如果谁违反禁忌，以手指鹊，耳朵就会缺一角……可见牛郎织女传说以风俗传承，有着恒久的生命力，穿越了千年时空，至今犹存。

现今可见的关于牛郎、织女的文人诗歌创作中，《古诗十九首》中的《迢迢牵牛星》颇为著名：

迢迢牵牛星，皎皎河汉女。

纤纤擢素手，札札弄机杼。

终日不成章，泣涕零如雨。

河汉清且浅，相去复几许？

盈盈一水间，脉脉不得语。

在这首无名氏于公元140—190年之间创作、南朝萧统选录编入《昭明文选》的诗歌中，河汉女用美丽的素手辛勤地织布，却终日哭泣，牵牛星也无法渡过那看似清浅的河汉，只能与织女隔河相望。诗歌中的牛郎织

西和乞巧节民俗中的"迎水神"

女既不是恩爱夫妻，也没有生儿育女，但两人的脉脉含情与永世分离却十分清楚，也在历代牛郎织女的传说中十分稳定地传承下来。此后，到了宋代，著名词人秦观（1049—1100）以牛郎织女的传说为题材，填下《鹊桥仙》这首感动无数恋人的词作：

纤云弄巧，飞星传恨，银汉迢迢暗度。金风玉露一相逢，便胜却人间无数。

柔情似水，佳期如梦，忍顾鹊桥归路？两情若是久长时，又岂在朝朝暮暮。

民间传说在历史上不仅仅为目不识丁的老百姓所喜爱，并在民间较为广泛地形成了七夕乞巧的习俗，也为舞文弄墨的文人骚客提供了艺术创作的灵感，同时还对那些高高在上的统治者、贵族阶层有着重要的影响。宋人钱惟演有《戊申年七夕》诗云："欲闻天语犹嫌远，更结三层乞巧楼。"宋代吕原明撰《岁时杂记》，明代刘侗和于奕正合撰的《帝京景物略》，清人顾禄《清嘉录》、让廉《春明岁时琐记》等书中，都或详或略地记载了下至民间、上至王公贵族在七夕节举行的各种乞巧活动。《岁时杂记》中记录庶民百姓用麻秆等物编结乞巧棚，而王公贵族

天津天后宫，供奉妈祖娘娘，位于天津古城东门外，始建于元代（田永峰摄）

天妃出巡，采自《三教源流搜神大会》

搭建乞巧楼；《帝京景物略》等明清文献中记载的"丢巧针"等乞巧游戏，无疑都从民俗的层面反映了"牛郎织女"这一传说的魅力和影响。

这些传说产生如此普遍的影响，主要缘于口头传说、戏曲表演、诗词歌赋和小说演义在这些"高贵者"的生活中有一席之地，还因为民间传说往往与民众的信仰有密切关系。为了能够更好地了解民众、统治民众，统治者往往也会利用这些民间传说和相关的信仰，通过嘉奖、敕封等种种手段，承认民间传说的"官方"身份，也间接地对于民间传说的传播产生了"护法"作用。这其中，最有代表性的便是妈祖传说、关公传说、花木兰传说等。

在中国，但凡有海的地方，历代船工、海员、旅客和渔民多尊奉一位名叫林默的女子，即妈祖娘娘，又被称为"天妃娘娘"。民间传说中，她能出入风波中，救护海上劳作、旅行的人们。这位奇女子有着神奇的出身、救民济世的神迹等等，从宋朝开始，官方就对这位出身民间、造福民间的女子进行了敕封。根据史料记载，从宋高宗绍兴二十六年（1156年），至清代康熙二十三年（1684年），帝王们先后对她进行了36次册封，从最初宋高宗封"灵惠夫人"，到康熙二十三年被封"护国庇民妙灵昭应仁慈天后"，林默这位民间传说中的人物在帝王的敕封中，历经了"夫人"、"妃"、"天妃"、"天后"到"圣母"等多个爵位等级的"晋升"，越来越高，最后被清文宗（咸丰七年，即1857年）封为"护国庇民妙灵昭应弘仁普济福佑群生诚感咸孚显神赞顺垂慈笃祜安澜利运泽覃海宇恬波宣惠道流衍庆靖洋锡祉恩周德溥卫漕保泰振武绥疆天后之神"的"海神"，在国家祭祀中占有一席之地。就其敕封等级和在民众间的受崇拜程度而言，这位传说中的人物几乎可以与西方海神波塞冬相提并论了。同样得到追封的，还有传说中的女英雄花木兰、三国时期的关羽、"梁祝"传说中的梁山伯等传说中的人物。如花木兰代父从军，击败北方入侵民族，元代侯有造《孝烈将军祠像辨正记》记载，木兰拒绝帝王纳其为妃，自尽身亡，因此被追赠为"孝烈将军"。

民间传说进入文人记录的史志与文学世界，又在民间与官方的信仰和仪式中留下踪迹，而丰富多彩的各种民间艺术也是民间传说传承和传播的载体，它们是民间传说的衍生物，包括民间美术、民间歌谣、民间建筑、民间曲艺、民间说唱等。如《白蛇传》的传说除了在江苏、河南等地口头流传，还在全国各地以戏剧、民歌形态传播，年画、根雕、砖雕等也常以其为题材，对《借伞》、《盗仙草》、《金山寺》、《断桥》等经典情节进行艺术展现。江苏镇江民间文化艺术馆长年开设"《白蛇传》民间艺术美术展"，这个展馆本身就成为了《白蛇传》传说的民间艺术"博物馆"，展出以镇江市民间艺术家为主创作的《白蛇传》工艺品近百种，包括各种绣

民间艺人布贴画《水漫金山》，镇江民间文化艺术馆收藏

品、雕塑、剪纸和竹编、拼贴画等。

随着时代的发展，近百年来，人们的生活方式发生了巨大变化，民间文学口耳相传的传统形式受到巨大冲击，民间传说也未能幸免地面临着一定的危机，但同时也衍生出新的民间传说的载体，如影视艺术就是其中影响最大、传播速度最快、传播范围最广泛的一种载体。20世纪90年代，中国台湾版电视连续剧《新白娘子传奇》热播海峡两岸。根据笔者多年的追踪调查，这部以《白蛇传》传说为基础加以改编的影视作品至今仍然受众多观众的喜爱，在江苏卫视蛇年（2013）春晚上，当年《新白娘子传奇》的三大主演赵雅芝、叶童和陈美琪时隔21年再聚首，更是引发了收视风暴和观众的集体怀

旧情结。

民俗行为也是民间传说的重要载体和传承方式。在中华大地上，几乎每一个重要的节日民俗背后都有一个乃至多个民间传说，它们阐释民俗来历，彰显民俗精神。如汉族春节关于怪兽"年"的传说、清明节有关介子推的传说、端午节有关于屈原投江和曹娥寻

吉林省长白山天池。有的传说中天池为满族始祖神沐浴之处(余坤明摄)

父等传说、七夕的牛郎织女传说、中秋节的嫦娥传说等。中华大地上众多少数民族精彩纷呈的节日背后也同样有优美动人的传说，如傣族闻名世界的泼水节与七公主杀魔传说，彝族火把节与盗火种传说……这些节日民俗寄托着人们对于生活的美好愿望，表现了人们对于理想生活的追求。

　　由此可见，民间传说不仅仅是在民间口头传讲，还形态丰富地在不同群体的民众生活中活跃着，对中国的政治与历史、文学与艺术、民俗与风习等都产生过影响，至今也仍然在人们的生活中发挥作用。

民间传说的远亲与近邻

　　中华大地上，美丽神奇的传说到底有多少？它们究竟是怎样产生的？这是一个饶有趣味又难以回答的问题。或许我们可以从传说的远亲与近邻，来寻找传说的生命起源、成长和繁衍之路。在民间传说的成长之路上，有的被视为传说的祖先，有的被视为传说的远亲，也有的被视为传说的后裔与近邻，这些和民间传说亲疏有别的"亲友"，包括神话、民间故事、历史、艺术、科学等，与民间传说最亲近的无疑是神话、历史和民间故事。

神话与民间传说

神话，常被简单地理解为"关于神的故事"。然而，它不仅是一种叙事，还是一种思维方式，是人类童年时期以文学的方式表达对于大自然的理解的一种方式。马克思曾有一段对于神话的经典评论，认为神话是远古时期的人们"用想象和借助想象以征服自然力，支配自然力，把自然力加以形象化；因而，随着这些自然力之实际上被支配，神话也就消失了"。神话往往具有极其夸张的幻想性特征，又有着非常古老、拙朴的艺术色彩；而传说也有一定的幻想性，很多传说有着千余年的可考历史，且很多口头文学的作品或记录文本常常既被看作神话，又被视为民间传说。尧、舜、禹的神话同时被视为帝王传说，其中有关舜妻——娥皇、女英的故事一方面被视为神话，同时又被作为湘妃竹为何"泪痕斑斑"的风物解释性传说。许多少数民族中，民间传说也与神话有着直接的关系，如关于满族氏族起源的神话中，长白山东布库里山下，有一个名叫布尔湖里的池子，三位天女在此沐浴，季女吞下了神鸟衔来的朱果，生下一个生而能言、体貌奇伟的儿子，这便是爱新觉罗氏布库里雍顺。这个神奇出身的男子长大后平定三姓，成为满族始祖。显然，从故事内容上看，这是世界性的卵生神话，它至今仍然在长白山满族人中间广泛流传，在《太祖高皇帝实录》、《满洲源流考》、《皇清开国方略》等满族文献中也有较统一的记载，所以这则神话同时又是满族族源传说、长白山地方风物的解释性传说。所以传说有时被视为神话亲近的后裔，有的甚至认为神话的弱化就演变成了传说。

神话与传说最重要的共同之处便是其解释性。神话往往阐释世界的形成、人类的起源等，如世界范围内广泛流传的洪水神话解释了为什么兄妹不婚、多个种姓和民族的来历，等等。神话往往是对人类关于生命起源、文化起源、氏族历史等宏大叙事进行解释，传说则多用于解释当下的、现实生活中的风物名胜、习俗、特产等的形成与起源等。在黑龙江流传着一则著名的传说《秃尾巴龙老李》，解释黑龙的出身、如何打败作恶的白龙而成为江神，过江者为何要说一句"有山东人在船上"等等；年的传说用于解释为何春节有热闹的燃放烟花爆竹等习俗，这些内容都具有解释性，又因其中的主人公具有神性，常常被当做神的故事。

　　神话与传说的叙事手法上也有相似之处。神话常常被人以"关于神的故事"而传讲，其内容多具有超现实的幻想性，如女娲造人的神话中，人类始祖女娲用黄土捏一捏、用绳索甩一甩，就能造出泥人，吹口气泥人就能活过来；大禹治水时能够变化为力大无穷、推山赶石的黄熊，他的妻子涂山氏居然能化为大石，大石又能听懂大禹的要求从而生出儿子启，成为夏朝的开国君主。曲折、夸张、富有想象力和传奇性是传说的重要特征。

《白蛇传》的传说中，白蛇能够变成美女、上天入地；《孟姜女》中孟姜女能够哭崩长城、滴血认亲。风物传说《黄鹤楼》中的黄鹤能自墙而下，翩翩起舞，道士能跨鹤飞天。鲁班的传说中，他制造的木鸢能够在天空中飞翔三天三夜而不落，比今天的飞机还要神奇。

尽管如此，神话与传说的差异鲜明，不容忽视。神话的主角多是现实生活中没有出现过的神，他们具有超人或超自然的力量，如女娲、盘古、后羿、西王母、烛龙等，甚至在《史记》中出现过的三皇五帝，都是原始思维凝聚而成的神话人物。他们有的是对部落首领的神化，有的是对大自然中的某一自然现实的拟人化，均产生于古老的原始社会，以艺术的思维方式传达着古老的先民们对于世界和自身的哲学思考。神话人物的行动处处都带有超自然的神格，是纯粹的幻想，如鲧、禹治水的神话中能生生不息、自我生长的神土息壤，男性英雄鲧死后三年又从腹中生下儿子大禹，大禹治水时能够变成力大无穷、推山赶石的黄熊等，这些在现实生活中不可能发生，但这些伟大的神迹是关乎人类共同命运的解说，在原始初民的信仰中，这些幻想性的内容都是真实而带有神圣性的。

传说的主人公大多是在历史上真实出现过的人物，能在史书、志书中看到这些主人公的踪影，又或是有着风景名胜、地方特产与风俗习惯等实在物作为传说的附着物，屈原、王昭君、关羽、诸葛亮、杨贵妃、李白、苏东坡这些传说的主人公都是历史上鼎鼎有名的文臣武将或才子佳人，雷峰塔、断桥、美女峰、峨眉山这些传说中的地名、景名在现实中都实有其物，端午节、乞巧节、中秋节等也都是人们传承已久的节日风俗。虽然传说有传奇性情节，如白蛇精多年修炼得成人形，因饮用了雄黄酒又恢复蛇身，祝英台能哭开梁山伯的墓穴殉情，有情人双双化蝶等等，但其内容却大多是关乎传说的主人公的个人命运，与人类存亡、繁衍和生息是没有直接关联的，因此，即便有神灵在传说中出现，却始终是以"人"为中心的世俗故事。

历史与民间传说

历史是民间传说的另一个近亲。很多民间传说被传说者视为口头的历史，尤其是关于帝王将相、文人才子等历史上真实存在过的人物的传说，更是与历史关系密切。

历史，又简称为史，指对人类社会过去的事件和行动，以及对这些事件行为有系统的记录、诠释和研究。中国古代的史官便是负责对这些事件进行公正记录的官职。史官要有"秉笔直书"的记史精神，一位受人尊重的史官哪怕因之触怒帝王，丢了性命，也不能歪曲事实真相。史官往往因其"立言"而名存千秋万世，故而许多读书人都以能够成为修撰史书的史官为荣。"元超三恨"的传说最可为历代文人的"史官"情结佐证：薛元超（622—683）在唐高宗时曾官居宰相，因袭父职而踏上仕途，娶唐太宗侄女和静县主为妻。在文人野史的记载中，他认为自己一生中有三大遗恨，即"始不以进士擢、不娶五姓女、不得修国史"。"不得修国史"为"三恨"之一，足可见"史"之职与事在人们心目中的重要地位。

许慎在《说文解字》解释："史，记事者也；从又持中；中，正也。"为了能够真实地、公正地记录历史，许多史官为之而付出良多，有的甚至付出生命的代价。因此，很多人都以为，史书记载的历史必然是真实的历史。然而，越来越多的研究成果表明，即使是《史记》一类的正史，其中的诸多内容也并非就是真实的历史事件，进入史书的"非真实"的"历史"绝大部分来源于民间传说，更不用说大量稗官野史主要从民间传说中取材了。

正史文献记载民间传说，较早引起学人注意的是《史记》中的神话传说。司马迁在《太史公自序》中历数自己自二十岁起的游历之地："二十而南游江、淮，上会稽，探禹穴，窥九疑，浮于沅、湘；北涉汶、泗，讲业齐、鲁之都，观孔子之遗风，乡射邹、峄；厄困鄱、薛、彭城，过梁、楚以归。"在这次的游历之中，他沿途听神话，闻传说，记故事，访遗迹，其中的不少内容都进入了《史记》，如在《史记·淮阴侯列传》中写道：

太史公曰：吾如淮阴，淮阴人为余言，韩信虽为布衣时，其志与众异。其母死，贫无以葬，然乃行营高敞地，令其旁可置万家。余视其母冢，良然。

可见，司马迁曾在淮阴听过关于韩信的传说，当地还留有传说中的"证据"，即韩信母亲的坟墓。在《史记·五帝本纪》中，又记载：

余尝西至空桐，北过涿鹿，东渐于海，南浮江淮矣，至长老皆各往往称黄帝、尧、舜之处，风教固殊焉，总之不离古文者近是。

这些地方的人们对于黄帝、尧、舜的信仰和传说影响了司马迁，才有了《史记》中三皇五帝的史料实为神话与传说的情况。近年来的研究表明，司马迁将三皇处理成为"真实"的历史人物，后来这些由神话而进入历史的人物，衍生了更多的历史人物传说，其中"大禹治水，三过家门而不入"的大禹治水传说影响至为深远，几被视为信史。

这是历史与传说之间复杂与互动关系中的一种：神话传说被"历史化"，历史带有故事性，是史家根据一定史料进行的"故事长编"，只是其中有的史料是史实的陈述，有的则是神话传说罢了。

传说中的历史人物和历史事件往往具有某种真实性。传说中的人物和事件，多是历史上真实存在过的，有真实历史作为"原型"，但人物与事件之间的关系却可能并不是历史真实。"世代累积型"的长篇章回小说《三国演义》中，许多人物早在民间就流传着各类传说，并在小说问世后，还继续有更丰富的相关传说流传，其中诸葛亮、张飞、关羽等都是真实存在过的历史人物，"空城计"、"东风计"等也是真实存在过的历史事件，但真实历史上这些战争谋略却并非诸葛亮所施，只是为了突显诸葛亮过人的谋略，而将其他历史事件汇聚到某一个历史人物身上。所以传说有时被称为"口传的历史"，既是口传，必然会"瞎话瞎话，无根无把，一个传俩，两个传仁。我嘴里生叶，他嘴里开花，传到末尾，忘了老家"。在口耳相传中，新元素不断加入，越来越多的幻想成分也随之加入，最后历史人物与历史事件的真实身影不复如"史"了。其他人物传说，如包拯、鲁班、扁鹊等也都有这种演变的传说与历史有着多方面的联系，后现代史学家尤其质疑将历史与传说进行对立的历史研究方法，认为历史与民间传说都反映了一种真实的历史意识、历史思想与历史的情感等。但两者间的区别也十分显著。

历史主要强调的是反映某一阶段的现实，且由于撰写史书的是当时的统治阶级，因而其史料的选择、情感的表达往往倾向于展现统治者的意识形态，如《史记》的本纪和世家，均是记录和书写的帝王将相事迹，很少从普通民众的视角反映历史。传说则多从普通人的视角出发，热衷于表达更具有普遍性的人生情感，即便是传讲某个历史人物的故事，往往关注的不是他（她）的丰功伟绩、民族和国家大义等等，而是他（她）的儿女情长、逸闻趣事。因此，传说反映历史，但不是如实地、全面地反映和记录历史，也不反映所讲述的对象的历史，而主要反映历代讲述者在其中寄寓的真实情感。如《搜神记》中记载了一则"宫人草"的传说，讲述楚地的一种植物，名叫宫人草，花色红艳，枝叶繁茂。据说，在楚灵王时代，宫女数千，但却多愁旷而死，死后埋葬在这块地方，她们的坟上生长出的草即"宫人草"。正史自然不会记录这些于国于家"无足轻重"的女子，现实生活中也不会出现人死后化为草的神奇事件，但传说却关注这些下层女子的命运，表达她们的愁旷悲苦，并通过"死而化草"的"不死"情节，寄寓对她们的同情，同时也表达了对于楚灵王这类上位者造成深宫怨女不幸命运的不满。传说所依托的历史真实有二：实物"草"、历朝历代都存在的深宫怨女。

历史与传说，是一条时间长河中不时交融与分流的两股暗流，一条暗流中流淌着上层统治阶级的历史记忆，一条暗流中流淌着下层百姓的历史记忆，在交汇与分流中，彼此吸纳，相互补充，才共同融会成那波光粼粼、千变万化的时间之河。

《田螺姑娘》画册（中国朝鲜族民间故事丛书），辽宁民族出版社2011年版

民间故事与民间传说

民间传说与民间故事的"血缘"关系较之于神话和历史更为亲近。《简明不列颠百科全书》对于"民间故事"的阐释中就包括了民间传说：

民间故事具有常常不带宗教意义的神话成分，但许多学者并没有在神话和民间故事之间作出严格的划分。在各种类型的民间故事里，都有母题（如受人喜爱的动物、介壳、死者的还魂）和情节梗概（类型）两部分。民间故事在各种文化中互相交流并能转变成书面文学，或从书面文学变成口头流传形式。民间故事的种类有童话和家庭故事、地方传说、圣者传奇、动物故事、恶作剧故事、英雄故事、笑话及解释某一自然现象、动物特点，或社会习俗何以如此的起因故事。

在这里，广义上的民间故事与广义上的民间传说是混同的，都用于指某一群体口头创作和传播的散文体叙事作品。从以上对民间故事种类的划分可以看出，广义的故事包括了狭义的民间传说。但狭义的民间故事却是指与神话、传说、史诗等并立的，以现实和幻想性叙事的其他散文体口头叙事作品。按照世界通行的民间故事情节类型划分法（简称AT分类法，是由芬兰学者阿尔奈和美国学者汤普森编排的一种分类体系），主要有动物故事、普通民间故事、笑话、程式故事等等。我国学者常将民间故事分为四大类：幻想故事（又称民间童话、神奇故事或魔法故事，如各种宝物故事和动物故事等）、生活故事（如神奇婚姻的故事、巧女故事、聪明小孩的故事等）、民间寓言和民间笑话。

故事的情节在传说中也有可能出现，有的传说的内容在故事中也能发现。有时一个地方流传的故事在另一个地方就变成了传说。如田螺姑娘的故事在中国已经有千余年的流传历史，几乎在全国各地都能找到这个故事的身影（民间文学将AT分类法下，具有相同、相近故事情节的同一类型故事中，不同的具体的文本，称为这一个故事类型的"异文"，只有异文众多的相同或相似情节的故事才能称之为较为稳定的故事类型，"田螺故事"即是一个较为稳定的故事类型）。而一些地方的民众把这则故事附着在本地一些特定的风俗物产上，如福建闽江下游的螺女江、螺州、螺祖庙、螺仙石碑等等。故事中男主人公将从小河中无意拾得的田螺带回家，结果田螺变成美女偷偷为他做饭，因为主人公的偷窥，田螺姑娘不得不离开，但故事中，田螺姑娘活动过的江和人们为纪念她而修建的庙、石碑等等，在现实中人们按自己的审美观点复制成为客观实在物，表明这则在其他地区为民间故事的"田螺故事"型故事在当地实际上已经成为一则风物传说。这类传说与故事往往既被当做传说，也被当做故事。

民间传说与故事的区别，不在于故事情节的相似与差异，这也是民间传说与民间故事常常被等同的原因。将二者区分开来的是讲故事的人如何去讲述。很多人都会记得，童年时当我们缠着爷爷奶奶和爸爸妈妈讲故事时，他们会满面笑容地开始讲：

从前啊，有座山。山上有座庙。庙里有两个和尚。一个老和尚，一个小和尚。有一天啊，小和尚要老和尚讲故事。于是，老和尚开始讲：从前啊，有座山……

然后我们就知道，这个故事可以一直这样从"从前"到"从前"，循环往复地讲下去，可是小小的心里往往就有被大人们慈爱地戏谑了的开心，直到我们央求着"再讲一个真正的故事"，那时，才会听到"从前啊，有一个老头……"

故事中的时间、地点和人都是模糊的，常常是"从前啊，有个地方有个人"地开始讲述，故事的主人公的名字在这里是张三，在那里是李四，到了另一个地方可能就是王麻子了，它在一言一笑中让人快乐地获得知识。

传说的讲述往往有一种在口述历史"较真"的开始。内蒙古鄂尔多斯市鄂托克旗有个叫棋盘井的地方。有一年夏天，我和几位汉族与蒙古族的同胞乘车经过这个镇，在经过一片有很多井眼的草原时，一位80多岁的蒙古族老人开口就说："知道吗？这儿啊，可是花木兰带兵打仗时留下的井啊！当年花木兰带着部队打到这儿，人困马乏，找不着吃的，也找不着喝的，于是就下令将大营扎在这儿。为了供应大部队，花木兰将军命令士兵们开挖了一百眼井。不然，你们看，为什么就这么一小块地方有这么多井呢？"

的确，在一小片草原上分布着很多规格统一的井，当地百姓相信那星罗棋布的原本是一百口井，所以人们也管这儿叫百眼井。井与井之间的直径距离不过二十来米左右，有的井已经干涸，有的井还在汩汩地冒着清水。老人努力在讲述中使我们相信这片井就是花木兰下令开凿的，所以再三强调，"一个地方有这么多井"是在其他地方看不到的特殊景象，它的形成是因为花木兰行军的需要而开凿。

这，就是传说。虽然现在人们也常常把传说当做休闲和娱乐，但却没有人会打破砂锅问到底，去追究花木兰是否真的曾经带兵经过这里并留下了这些井，因为讲述这则传说的人，往往是以一种"这是我们特有的"骄傲，表达着历史积淀下来的对于乡土的深厚情感，从传说中人物的真实存在到讲述传说的人那种情感的真实，使得传说要比故事显得"可亲"和"可信"。传说在这种"使人信之"的叙述态度中，往往会尽量以具体的时间、地点、人物、事件过程来虚构故事，这与民间故事的时间、地点、人物的极其模糊区别开来。同一个故事类型的不同异文，只有核心情节是大同小异的，而传说的时间、地点却都是历史上真实存在过的朝代和地方，人物的姓名变化往往有迹可循。如《孟姜女》的传说中，秦朝、秦始皇与长城总是较为稳定的存在，虽然男主人公可能叫范喜良、范杞良或万喜良，多是人物姓名在传说的传播过程中，字音发生变异，虽然在不同的传说圈会有差异，但"传说核"（有时是传说的核心情节，有时是传说的核心人物或风俗等）的变异极其有限。

民间传说丰富多彩，意蕴深厚，既有神话、宗教的内容，也有历史、文化的内容，还有丰富的地域文化知识。传说与神话、历史和民间故事的交互影响、转换和重叠。神话的传说化与传说的神话化；历史的传说化与传说的历史化；传说的故事化与故事的传说化等等，是民间传说与她的远亲近邻们交互往来的主要方式，认识到这一点，对于更好地理解传说的艺术特征、内容特征和文化特征，都会有所帮助。

民间传说的艺术特点

MINJIAN CHUANSHUO DE YISHU TEDIAN

碧草青青花盛开，彩蝶双双久徘徊。千古传颂生生
爱，山伯永恋祝英台。

——《梁祝》歌曲，阎肃作词

民间传说具有民间文学的一般特征，包括其口头
性、传承性、集体性和变异性等，它们是民间文学各种
体裁共有的、区别于作家文学的显著特点，也正因为如
此，民间传说与神话、历史和故事总有相似相近之处。
民间传说的独特之处，主要在于她独特的艺术审美特
征。传说的讲述者在演述过程中力求使听者"信其
实"，往往要营造种种看似"真实"的氛围，为突显传
讲的是"这一个"而不是"那一个"，便需要在故事发
生的时间、地点等方面讲得"有板有眼"，但这些并不
足以使一则传说能够历经千百年，在各个地方、各个民
族长久地、广泛地流传。传说的生命力，与她的可信性
和传奇性、解释性和依附性等艺术特征紧紧地相伴相
生，正是因为传说在叙事上努力塑造的可信性、情节铺
陈中婉转曲折的传奇性，赋予了传说不同于神话和故事
的独有特征，使传说在传播过程中具有了解释功能，而
对于客观实在物、风俗习惯信仰等的依附性又将传说的

解释性与依附性紧密联系在一起。凡此种种，在悠久的历史和广泛的口耳相传中，便形成了传说独特的艺术美。

可信性与传奇性

传说的可信性主要表现在"传说核"的选择往往具有"真实"性的因子。最常见的"真实"源于传说讲述的对象：传说中有大量历史人物的故事，他们曾真实地活动于某个朝代的某一地域，因为有这些历史人物的事迹，这些地方便有了独特的文化和历史意蕴，相对于那些即便具有相似外观、条件的风景，因为有了历史人物的相关传说，便"身价倍增"了。

民间长期流传着"上有天堂，下有苏杭"的说法，而西湖无疑是杭州得以与天堂美景相媲美的主要原因。宋代大文豪苏东坡曾写道："天下西湖三十六，就中最

杭州西湖

好是杭州"，可见，在中华大地上，名为"西湖"者甚多，唯独杭州西湖是其中翘楚。如果仅论风景之美，中华大地的中部，有九省通衢之誉的湖北武汉，有一个美丽的湖泊——东湖，并不逊色于西湖，可是东湖的知名度相较于杭州西湖，却小了许多。在"百度"上有这样的词条对东湖进行介绍：

武汉东湖（The East Lake）风景区位于中国中部地区最大城市武汉市之东，整个风景区面积88平方公里，规划建设范围73平方公里，约占市区面积的四分之一。每年接待游客数百万人次，是武汉市最大的风景游览地，是中国最大的城中湖，比杭州西湖大6倍之多……

武汉东湖于1950年建为风景区，1982年被列为首批国家重点风景区，2001年被评为4A级风景名胜区。同样是"百度"，对于西湖有这样的介绍：

武汉东湖

杭州西湖位于浙江省杭州市的西南方，它以其秀丽的湖光山色和众多的名胜古迹而成为闻名中外的旅游胜地并被世人赋予"人间天堂"的美誉。作为中国首批、极少数免费对外开放的国家重点5A级景区和中国十大风景名胜之一，西湖凭借着上千年的历史积淀所孕育出的特有江南风韵和大量杰出的文化景观而入选世界文化遗产，这同时也是现今《世界遗产名录》中少数几个、中国唯一一处湖泊类文化遗产。出现于人民币壹圆纸币背面的三潭印月景观，亦体现着西湖在中国风景名胜中特殊的地位。

如果仅仅从山水之大、园林之多来比较，武汉东湖远胜于杭州西湖。然而，比较两篇介绍，我们不得不承认，西湖在国际上的声名之旺远盛于东湖，其中的主要原因就在于西湖之美，不仅仅是自然风光之美，还有千百年来的文化积淀之美，最主要的、也最影响人们的认知和选择的，便是"上千年的历史积淀所孕育出的特有江南风韵和大量杰出的文化景观"。在西湖的这些景观中，尤其又以包括苏堤春晓、曲院风荷、平湖秋月、断桥残雪、柳浪闻莺、花港观鱼、雷峰夕照、双峰插云、南屏晚钟、三潭印月在内的"西湖十景"最著名。形成于南宋时期的这些景观中，苏堤春晓、三潭印月、断桥残雪、雷峰夕照等，无不有着优美动人的传说，这些传说以其可信性而历来为当地人所传讲，其中断桥和雷峰塔两处都与家喻户晓的《白蛇传》有关系，此处暂且不论，仅以"苏堤春晓"来看传说"可信性"的生成。

"苏堤春晓"是西湖十景之首，苏堤俗称苏公堤，本是北宋文豪苏东坡（1037—1101）在杭州做官时，为解决西湖淤塞的问题，开浚西湖，而将挖出来的葑草和湖泥筑成一条长堤。这一举措，将西湖变成了灌溉农田的天然水库，造福了一方百姓，人们为纪念他便名之"苏公堤"。随着时间的流逝，人们依旧记得这堤乃苏轼所造，并将这一传说和"东坡肉"等杭州名吃结合在一

苏堤春晓

　　起。在传说中讲述苏东坡为民生疾苦而操心，最后拿出官银和个人积蓄，请了当地民工建造了条堤，为老百姓解决了种田灌溉的问题。老百姓为了答谢苏东坡的恩情，纷纷在春节时给他送去一条一条的好猪肉和当地的好绍兴酒。家中猪肉太多，苏东坡便吩咐家人将肉和酒一起按名册送给民工，结果家人听成将肉和酒一起煮了送给民工。没有想到，这样煮出来的肉香醇味美，民工争相传颂。人们既敬佩苏东坡的为人，又喜爱吃这道美味佳肴，于是将这道菜命名为"东坡肉"，并纷纷仿效其独特的烹调方法，各大酒楼也推出这道菜，最后成了杭州的传统名菜。

　　千年来，没有人去追究"东坡肉"与苏东坡的关系到底如何，但传说中，在人物真实、时间真实、客观实在物的真实等基础之上，主要寄托传讲者的情感真实，从而赋予传说可信性。它是文学的可信性而不是历史的可信性，是情感的可信性而不是科学的可信性。正因为它的情感真实，才使传说具有吸引人的力量，一旦形成，便亘古流传。正是因为有了苏公堤、白公堤、雷峰塔、断桥等等承载着千载传说的众多美景，才使众多名为东湖、西湖的美景中，唯有西湖天下闻名，并走出国门，走向世界。

当然，为了将真实的情感更加令人信服地传达出来，民间传说往往非常注重"真实"元素的表达：时间和地点较为清晰，有现存的古迹、制度、风俗，人物是著名的历史或宗教、神话人物，甚至在一些较为晚近的传说中，讲述人还会信誓旦旦地表示"这是我爷爷亲眼看见的"等等。因此，这类讲述往往就给人一种传说是"在描述真实发生过的事情"的错觉，从而增加其可信性。

仅有可信性，并不能构成一则动人的传说。"传闻"往往也具有以上这些"真实"的因子，"谣言"为了使人相信其真实性，也会努力将时间、地点等内容表述得清楚明白，末了还加上"这是某某说的"之类的结束语。但是传闻、谣言等等，往往只能短时期在某个范围内传播，而无法经受住时间的冲刷与洗礼。其主要原因在于，传闻、谣言等虽然强调其"真实性"，但缺乏传说所具有的客观实在物或者历史人物等作为"佐证"，尤其是其叙事情节简单，缺少令人记忆深刻的故事性。如果说故事感人，在于从情感的真实出发，在一定"硬件"真实的基础上，使传说具有了可信性，那么离奇曲折、不同寻常的传奇性则是传说在历史长河中得以传承、在广大的空间中得以穿梭的"软件"

真实。

已故北京师范大学的屈育德教授曾经专文论述过传奇性与传说的关系。他在《传奇性与民间传说》一文中指出：

传奇性，就是指故事情节与人间现实有直接的联系，大致具有生活本身的形式，故事发展合乎生活的内在逻辑；同时，又通过偶然、巧合、夸张、超人间的情节来引起故事的发展。在富有传奇性的传说中，真实情景和奇情异事达到了辩证的、有机的统一，它既给人以真实可信的感觉，又使人感到惊心动魄，不同凡响。

离奇曲折、变化多端的情节是传说传奇性的基本表现。需要指出的是，情节的传奇性，并不意味着脱离实际的纯幻想，而是奇而不怪，超乎寻常又顺乎人情。这一点，通过下面这一则关于刘伯温的人物传说即可得到展现。

北京流传着大量的建城传说，1985年采录于海淀区76岁老僧戒安讲述的《刘伯温巧遇"木匠王"》是这类传说中的一则：

刘伯温为了修好北京城，千方百计招揽能工巧匠。有一天刘伯温穿着便服在街上遛弯时，看到一座天宫一样的宅子，就想请修建这个宅子的能工巧匠来修北京城。后来刘伯温打听到巧匠名叫"木匠王"，却总是打听不到这个木匠王住在何处。刘伯温漫无目的地寻找了一个多月，怎么也找不到木匠王的住处。后来在经过一条小胡同时，他偶然听到一群小孩子唱童谣：

要盖漂亮房，去找木匠王。家住西山下，门前栽白杨。

于是刘伯温便带着两个随从，骑着小毛驴，乔装打扮，直奔西山。中午时分，刘伯温和随从歇息下来，吃干粮时听到远处林子里有女子呼救的声音，便急忙跑去。结果四五个黑衣汉子正要抢走一个年轻姑娘，刘伯温打抱不平，和随从一起打败强盗，救出姑娘，并护送她和受重伤的车把式回家。

到了姑娘住的望儿山下，刘伯温一看，姑娘家的房前两棵又粗又大的大杨树，院子修得十分别致，雕刻精美，房

浙江文成县南田镇刘基庙内刘伯温塑像，2011年中国非物质文化遗产摄影大展作品

子里到处是精雕细刻的木工模型。原来这里正是木匠王的家，被救的姑娘就是木匠王的女儿。因为刘伯温救了自己的女儿，已经隐居的木匠王为报答刘伯温的恩情，便带着十几名高明的徒弟出山进京，亲自设计建造了日坛和月坛。

传说中，刘伯温寻找木匠王久无音讯，却在一首儿歌中听到了木匠王的住所特征，想仔细打听，那些儿童却一哄而散。刘伯温便化装找到西山，途中遇到了遇难的女子，这女子又恰巧是木匠王的女儿……整个传说可谓"无巧不成书"，情节曲折。刘伯温是真实的历史人物，日坛和月坛是真实存在的历史文化古迹，乍一听，"有鼻子有眼"，令人觉得日坛、月坛真正就是这样建起来的。

可是考察相关的历史，却会发现"被骗"了。天坛、地坛、日坛和月坛是北京著名的旅游景点，2006年，这些祭坛被国务院批准列入第六批全国重点文物保护单位名单。四个祭坛均修建于明朝嘉靖九年（1530年），是明世宗朱厚熜以周易八卦之说，为保朱氏江山千秋万代而在京城的东、西、南、北等四个方向修筑的祭坛，主要用于祭祀天、地、日、月。这些祭坛在明清两代均受帝王礼祭，直到新中国成立后，才逐渐成为游览胜地。而刘伯温（1311—1375）却是元末明初杰出的军事谋略家、政治家、文学家和思想家，作为明朝开国元勋，他辅佐朱元璋完成帝业，开创明朝并为明朝的安定建功立业，后世常将他比作三国时的诸葛孔明，民间甚至流传着"三分天下诸葛亮，一统江山刘伯温"的说法。关于刘伯温的传说很多，在这则传说中，为了体现刘伯温是善于发现民间奇才的"伯乐"、路见不平拔刀相助的好官，祭坛的修建被整整提前了近二百年，成为刘伯温与技艺精湛的民间艺人合作完成的杰作，与明世宗朱厚熜毫无关系。

日本学者柳田国男在《传说论》中指出："传说的一端，有时非常接近于历史，甚至界限模糊难以分辨；而其另一端又与文学相近，有时简直要像融于其中。"传说接近历史的那一端，表现为可信性；与文学相近的那一端，便是传说的传奇性，它使传说成为民间文学中被文人引用、改编得最为频繁的体裁，是历史与文学沟通的重要桥梁。

民间传说的传奇性在于，故事往往围绕一个小小的传说核，衍生出无数曲折的情节，从寥寥数语，被人们不断添枝加叶，有的成为文学经典。如从春秋战国时期，一个关于杞梁妻拒绝郊吊的小小记载，到人所共知的《孟姜女》传说；从韩凭妻为夫殉节的小故事，到女扮男装求学、十八相送等长篇《梁祝》传说；从宋代的《西湖三塔记》到《白蛇传》传说等等，都是一个传奇性不断增加的传说演变过程。

在山东省临沂市郯城县城东的葛庄西有一座很大的坟墓，被当地人称作"孝妇冢"。在孝妇冢的墓前有两座石碑，一个是康熙三十四年（1695年）所立，另一个是光绪三十年（1904年）所建。墓碑上有"万古流芳"四个大字，依稀刻有"大清光绪"的年号，碑文还依稀可辨："汉东海孝妇之故里也……千有余岁矣。"关于孝妇冢的传说，起自汉代，在《汉书·于定国传》中已记载了相关传说，《搜神记》卷十一载"东海孝妇"是今天流传的孝妇传说的较为完整的记录：

汉时，东海孝妇养姑甚谨。姑曰："妇养我勤苦。我已老，何惜余年，久累年少。"遂自缢死。其女告官云："妇杀我母。"官收系之，拷掠毒治。孝妇不堪苦楚，自诬服之。时于公为狱吏，曰："此妇养姑十余年，以孝闻彻，必不杀也。"太守不听。于公争不得理，抱其狱词，哭于府而去。

自后郡中枯旱，三年不雨。后太守至，于公曰："孝妇不当死，前太守枉杀之，咎当在此。"太守即时身祭孝妇冢，因表其墓。天立雨，岁大熟。

长老传云："孝妇名周青。青将死，车载十丈竹竿，以悬五幡。立誓于众曰：'青若有罪，愿杀，血当顺下；青若枉死，血当逆流。'既行刑已，其血青黄，缘幡竹而上，极标，又缘幡而下云。"

传说中，周青受到冤屈被判处死刑，临刑前发下毒誓以证清白：有罪被杀，则血往下流；无罪被杀，血则倒流。结果，被刑杀后，周青青黄色的血（非鲜红）顺着幡竹逆流而上。周青的冤气直冲上天，导致当地三年大旱，直至平冤祭扫才降雨。血倒流、天大旱等等均是超现实的，可是孝女、查案不明的昏官、天下大旱等等又是现实生活中会遇到的种种真实事件。到元代，著名的戏剧家关汉卿（约1220—1300）以此为原型，创作

连环画《窦娥冤》，中州出版社1982年版

出经典戏剧《窦娥冤》，"东海孝妇"也从一则被文人记录下来的短小传说，演变成了四折长剧。其中，虽然增加了角色，剧情更加复杂，其核心情节"孝妇冤死、血逆流、天大旱"等始终没有改变。

《窦娥冤》中增加了父亲因为贫穷，将女儿卖为童养媳、婆婆收租被杀又被救、泼皮父子想娶婆媳二人为妻、婆婆被害、窦娥被冤杀、窦父当官、回乡寻女、窦父为女平冤等曲折的情节。但全剧的核心情节仍然是"孝妇被冤杀"，关汉卿以之为基础，改编的戏剧成为古典文学经典，其中的立誓更是《窦娥冤》的经典唱段：

不是我窦娥罚下这等无头愿，委实的冤情不浅；若没些儿灵圣与世人传，也不见得湛湛青天。我不要半星热血红

尘洒，都只在八尺旗枪素练悬。等他四下里皆瞧见，这就是咱苌弘化碧，望帝啼鹃。

你道是暑气暄，不是那下雪天；岂不闻飞霜六月因邹衍？若果有一腔怨气喷如火，定要感得六月冰花滚似锦，免着我尸骸现；要什么素车白马，断送出古陌荒阡！

你道是天公不可期，人心不可怜，不知皇天也肯从人愿。做什么三年不见甘霖降？也只为东海曾经孝妇冤。如今轮到你山阳县。这都是官吏每无心正法，使百姓有口难言。

从《搜神记》到《窦娥冤》，再到至今仍在口头流传的窦娥传说，孝妇传说中的可信性始终依赖于情感的真实和客观实在物的存在，而传奇性却在可信性的基础上，以强烈的情感张力，孝妇

《窦娥冤》,元代关汉卿著,明万历四十三年(1615年)刻本,现展于国家博物馆(李丽丹摄)

的孝与冤,尤其是冤屈后立誓的超人间性、真实生活中不轻易发生的反常性等等表现出来。

解释性与依附性

解释性与依附性是民间传说另外一对相互依存的重要艺术特征。所有传说最后都必然对于现实有所解释,解释的对象包括:人物、风景名胜、习俗、某种文化制度、事物和名称的由来等等,其中既包括一些客观实在物,如风景名胜和事物,也包括一些精神产品,如端午节习俗、重阳节习俗、敬火拜火的习俗等等。传说通过讲述一个人物的故事,在故事的进程和结果中自然而然地引出这客观实在物何以在这里或者那里,以这样或那样的方式存在,对客观实在物或风俗习惯等的解释,对于风俗习惯、文化制度等的解释,往往也同时包括了一些客观实在物的出现原因的解释。

在众多中华民族的传统节日中,"五月初五是端阳",每年到了农历五月初五这一天,人们都要走亲访

秭归乡亲过端阳

友、吃粽子、挂艾蒿，一些长江流域的人们还要赛龙舟，喝雄黄酒，有的给小孩子的手腕系上五彩丝线、穿上虎头鞋。端午节（Dragon Boat Festival）是个有几千年历史的传统节日，从2008年开始，已成为国家的法定节假日之一，它是国家级的非物质文化遗产，韩国、日本等亚洲国家都流传着这一节日习俗，并被列入世界非物质文化遗产名录。

中国的端午节里有一些主要仪式：家家户户都在门前挂上艾草，出嫁的女儿带上粽子和鸭蛋等礼物回娘家，给孩子们系上辟邪的五彩丝带、穿上驱恶的虎头鞋，家人同饮雄黄酒以除湿去病等等。从有文字可考的历史记录中，最晚从秦朝开始，就已经有了在五月浴兰等习俗了，端午节有"浴兰节"的别称。梁朝宗懔的《荆楚岁时记》中记载荆人

习俗，其中五月初五日的习俗如下：

五月五日，谓之浴兰节。四民并踏百草。今人又有斗百草之戏。采艾以为人，悬门户上，以禳毒气。以菖蒲或缕或屑，以泛酒。是日竞流，采杂药。以五彩丝系臂，名曰"辟兵"，令人不病瘟。又有条达等织组杂物，以相赠遗……

可见，这个节日最初与季节转换时人们小心翼翼地祈求健康平安、禳除病虫毒害等心理有关，并产生了种种有一定实际效果的仪式。然而，今天人们讲到端午节时，多与传说紧紧联系在一起，解释端午节的来历及各种习俗的形成原因。传说紧密地依附于过节的习俗而存在和流传，节日习俗也因相关传说而具有更丰富的文化意义。

在有关端午节的各种传说中，以屈原传说、曹娥负父传说、伍子胥传说最

湖北秭归旧县城屈原纪念馆内屈原塑像

为知名，且各有自己的"传说圈"。《荆楚岁时记》主要记载荆楚之地（今湖北、湖南、安徽等地）的节日习俗，《荆楚岁时记》佚文中，载有"五月五日竞渡，俗为屈原投汨罗日，伤其死，故以舟楫拯之……至今为俗"诸条。可见至梁朝，有关屈原的传说开始与端午节的"赛龙舟"习俗结合在一起，用于解释为何这一天会赛龙舟。在湖北的长江流域和湖南的洞庭湖畔，至今都仍然流传着屈原传说：

战国末期楚国贵族的后人屈原对楚怀王十分忠贞，但却总是遭到排挤。怀王死后，楚襄王听信谗言，不但不采纳屈原治理国家的良策，还将他流放到很远的地方。屈原在流放途中，遇到一个渔翁，劝他要随波逐流，不要固守自己的节操。屈原伤心国将不国，怀着"举世皆浊我独清"的情感，最终投了汨罗江。

当地百姓听说他们敬爱的屈原大夫投江了，纷纷划舟来救，一直搜寻到洞庭湖。那里的人也都自愿加入搜救的行列，但始终没有能够救起屈原。从此，人们为了纪念爱国忠君、品行高洁的屈原，便在五月初五这一天竞赛龙舟，以不忘屈原，又向江中投一些江米团等食物作为祭品。

可是过了几年，有人梦到屈原大夫神情哀伤，形销骨立。原来，屈原大夫并没有享用到大家投入江中的祭品，江中有蛟龙出没，常常抢走这些祭品。人们询问如何才能避开蛟龙，屈原教大家用粽叶裹住祭品，并用五彩的丝线绑紧，蛟龙畏惧这种带有清香的叶子，便不会再来抢了。

从此，人们就会在这一天赛舟食粽。

宗懔在《荆楚岁时记》中还记载了邯郸淳《曹娥碑》中有"五月五日，时迎伍君。逆涛而上，为水所淹"的传说，并分析说"斯又东吴之俗，事在子胥，不关屈平也"。其中记载的两个传说，均在江浙一带，一个是为纪念吴国名臣伍子胥，他也是战国时的楚国人，但因父兄被楚王残忍地杀害，他最终投

广西南宁第十六届"屈原杯"全国龙舟锦标赛暨第五届中国南宁国际龙舟邀请赛（岑学贵摄）

入吴国，并辅佐历任吴王，使吴国成为当时雄霸一方的强国，还攻打楚国，为父兄报仇。但最后伍子胥也为奸臣所害，被吴王夫差所杀，并将他的骨灰装进"鸱夷"（马革或牛革做的袋子），压上石头，投到江里，让他永远不能浮上来。吴地的人们同情伍子胥被无辜惨杀，便将他奉为河神，并在他惨死的五月初五这一天举行祭祀。

另一则与端午节相关的传说中的主人公为曹娥，东汉上虞人，是个年仅十四岁的孝女。她的父亲溺在江中，多日都没有找到尸体。曹娥沿江号哭寻找了十七天，在五月初五这一天也投了江。又过五日，曹娥背后负着父亲的尸体浮出江面。今天，浙江绍兴还建有曹娥

山西省博物馆馆藏山西省稷山县马村4号金墓出土的"二十四孝"陶塑,左上为曹娥哭江寻父(余坤明摄)

墓,并相传晋王羲之书有曹娥碑,曹娥投江之处,建有曹娥庙,她居住的村子为曹娥镇,她投江殉父的地方名为曹娥江。

在这些端午节的传说中,又衍生出贤妇的传说,用于解释为何这一天要在门前挂上艾蒿:

相传端午节这一天,李自成领兵经过武当山下时,所过之处,村人都因兵马避开。一个妇人背上背着一个七八岁的男孩,手中牵着一个四五岁的男孩,小男孩走不快,时常摔倒哭泣。李自成

要士兵将这三人带到面前,询问她为何大一点的反而要背着,小一点的却让他自己走路。

妇人解释:大男是家中伯父的儿子,他已经父母双亡。小一点的是自己的儿子。如果大儿出事,伯父家就断子绝孙了,虽然不忍心,还是要好好保护大一点的孩子。

李自成听了很是感动,便吩咐她:回家后,在家门口挂上艾蒿,这样以后凡是兵过此村,家门前有艾蒿的,都不加侵扰。妇人带着孩子回到家中后,马

上告诉转回家的村民在门口挂上艾蒿。就这样，因为这位有善心的贤德妇人，一个村子在兵荒马乱中平安无事。

从此以后，人们为了保平安，都会在端午节这天在门口挂上艾蒿，以求吉祥。

与端午节相关的传说多种多样，无论是哪一种传说，都跟某个历史事件（屈原被流放、伍子胥被杀、李自成起义）有关，并与某些风俗（赛龙舟、吃粽子、挂艾蒿等）紧紧黏合在一起，从而与被解释的事件相得益彰地互为依靠，传说为节日增添了文化的意蕴，节日为传说增强了真实性。虽然这些"真实性"可能与节日的真实起源往往大相径庭，但却无疑通过一种共同的文化自觉和文化选择，传达了某些真实的历史情感。上海大学程蔷教授在《中国民间传说》中对于传说的解释性有所研究，她谈道：

这类传说对实物实事的解释，并不是科学的，而是

郑为人作《端午》（福客民俗网）

艺术的。通过种种解释，反映的并不是对这些事物本质的科学认识，也不是一种可靠的科学知识，而是故事创造者的世界观、人生观、思想情绪、社会的或道德的理想等等。

传说的解释性不一定是针对客观实在物或风俗习惯等进行真实的历史表述，而且从传说的内容看，传说对于事物的解释十有八九是"附会"与"附着"，但"附会"的只是事件的故事情节等内容表象，解释的真实性在于故事所承载的真实情感和意义内涵。

民间传说的解释性具有的艺术价值紧紧依附于情感的真实，情感的真实必然附着于情感投射对象，如此种种，便形成了传说的解释性与依附性的相互关联，同体共生。在关于端午节来历的传说中，无论是官方还是民间，多自觉地选择屈原作为端午祭礼的对象，从而使屈原传说与端午节的习俗成为一个更加全国性的，乃至亚洲和世界所知的文化符号。而伍子胥与曹娥的传说只是在较小范围内被民众所传承，较之更具有地域性和乡土性。其中主要原因就是在于屈原传说中承载的忠君爱国、怀才不遇、明珠暗投等情感能引起人们的共鸣，而孝女负父、子胥报仇等故事中，十四岁的少女为父身亡、伍子胥因父仇而离开故国甚至与故国为敌等等，终究在情感上没有屈原传说更符合大多数人的道德评价和情感意向，甚至在流传过程中遭到质疑与曲解。

传说对于名胜古迹、风俗习惯、历史人物的依附性，并非随意而为。情感的真实是解释性与依附性相依相生的基础，而寻找某个地点的真实性、历史人物的真实性等等，使传说与它所依附的对象之间有着合乎逻辑的联系，至少有一个乃至多个可以言说的交叉点，这种依附于民俗或历史的传说才能得到人们的普遍认可，否则，只会是拙劣的模仿，必然在时间的冲洗之下，短暂地出现也飞快地消失。

民间传说的分类

MINJIAN CHUANSHUO DE FENLEI

走在中华大地上，很多花花草草、山山水水都有它们自己的故事。民间传说数量之大，资源之丰富，要想对它们有一个总体的了解，并不太容易。多年来，很多学者都曾努力对中国丰富的民间传说进行分类，以使人们能较全面地对传说的状况有整体的了解。民间传说的分类方法也多样化。较早的分法有"人物传说"、"史事传说"和"风物传说"三类。1984年，全国发动包括传说、民间故事、民间歌谣、民间谚语等在内的"民间文学三套集成"这一大规模民间文学搜集、整理活动。在传说的分类中，各省卷本多根据"三套集成"搜集整理的相关指南，将民间传说分类为人物传说、史事传说、地方传说、动植物传说、工艺土特产传说、风俗传说等类别，并在此基础上加入各地有特色的传说类别。程蔷教授在其《中国民间传说》一书中，将传说分为描叙性传说和解释性传说两大类，而黄景春博士则根据民间传说不同的中心点，将其分为人物传说、史事传说、名胜古迹传说、地方物产传说、风俗传说等五个类别。

产生多种民间传说分类方法的主要原因，有以下两个方面：一是中国民间传说数量丰富，体系庞大，分类标准不同，从而产生多种分类方法；二是民间传说本身具有多主题性和多指向性，一则关于历史事件的传说，往往会同时出现一些历史人物，所以有的史事传说也被视为人物传说，而人物传说最后也可能指向某个风俗和物产形成原因的解释，如屈原传说既是关于屈原投江的传说，同时又解释了湖南、湖北等地端午吃粽子等习俗的形成等。在此，我们试图以主题表达的主次为据，将传说分为以下几类：人物传说、史事传说、风物传说、动植物传说。人物传说主要指向某个特定的历史或宗教人物，史事传说讲述某个历史事件，风物传说指向某处山水名胜、风俗习惯、地方特产等，动植物传说主要是解释某个动植物的来历或特点等。

人物传说

人物传说主要是指以某个人物为中心，叙述这个人物的生平、事迹或遭遇。传说中的人物，大多为历史人物或宗教人物。历史人物往往具有这样或那样的突出贡献，对历史起到过一定的推动作用，又或者是历史上遭人唾弃的乱臣贼子，受人憎恨和厌恶。人们以歌颂与赞扬或讽刺与批评的态度，通过传说来褒贬人们心目中的英雄与奸佞，表达老百姓对历史的认识和是非道德观念。

　　根据人物的身份不同，人物传说又可以分为几个主要的类别：

　　一是帝王将相等领袖人物传说。历代帝王中，有一些帝王的传说特别多，包括李世民、赵匡胤、朱元璋、成吉思汗、忽必烈、皇太极等人的传说。还有农民起义领袖的传说，如黄巢、张士诚、李自成的传说和清代湘西苗族的吴八月等的传说。辅佐帝王的贤臣良将的传说也不少，如张良、诸葛亮、岳飞、戚继光、林则徐、刘伯温等人的传说。

　　人物传说中，常常会有一些与故事十分相近的情节。如部分帝王传说与民间故事AT分类法中的543型故事"蜘蛛鸟雀掩逃亡（蛛网救人）"在故事情节上十分一致，543型故事的情节被概括如下：

　　主角在一次战争中失利而逃亡，藏在山洞或井中躲避追兵，敌人在搜索时看见山洞中有完整的蜘蛛网封住，或是井边停着小鸟，判断里面不会有人而转往别处，主角因而得以逃脱。（台湾省中国文化大学金荣华教授在《民间故事类型索引》中所写定）

　　在中国各地、各族的帝王将相传说中，大量的"始皇帝"传说都可视为543型故事的异文，只是其中的部分要素会因传说的民族、地域或信仰的不同而有变异，其中最常见的变异为故事的主人公，如满族传说中为清

朱元璋

朝始皇帝，汉族传说中为明代皇帝朱元璋等；其次为救助主人公的小动物，帮助主人公的小动物，有的地方为蜘蛛，有的地方为乌鸦，有的地方为喜鹊等，更有直接以人的形象出现的农夫以犁田方式掩盖逃难英雄的行踪的；再次为主人公逃亡遇险的次数和被救助的次数不等，主人公被帮助的次数有时为一次，有时则会发生三次。

二是清官能吏传说。清官传说中流传较广泛的包括狄仁杰、包拯、海瑞、施世伦等，这些传说与传奇小说《包公案》、《施公案》等公案小说有密切关系。能吏传说包括西门豹、李冰、李卫、纪晓岚等人的传说。下以采录于1986年北京昌平县李世江（当年64岁）的一则《狄仁杰审虎》的传说为例，可一窥这类传说的风采。

狄仁杰因为在朝中得罪了权贵，被贬到昌平地界来任知县。他为官清廉，理政很清明。有一天，狄仁杰微服私访回到官府后，正在休息时，有人在前厅击鼓喊冤。原来是一个六十多岁的老妇人衣衫破烂、泪流满面地跪在公案前喊冤。原来老人家是个寡妇，有个独生儿子沈柱打柴供养着一家人的生活，可是他打柴时被老虎所食，所以老妇人要状告老虎为子偿命。

狄仁杰左右为难，要审虎吧，老虎难找，人与虎斗，也会伤人性命，不审虎吧，老人家着实可怜，怕生意外。最后，狄仁杰看老妇人不断叩头，就准了审虎的案子。

第二天，狄仁杰命众猎户将写着限滋事老虎十日内到衙门投案自首的告示贴到深山老林，大家纷纷失笑。但是又过了一天的早晨，狄仁杰刚刚坐衙，就有一只老虎进了县衙。狄仁杰审过老虎，确认罪行，责令老虎为沈刘氏养老送终。老虎果真听话地驮走老妇人，从此后，每隔十天半月，就带着老人在街头取食活命。老人病故后，老虎还安葬了老人，并为她守孝三年。

老百姓传说狄仁杰是天上的星宿下

狄仁杰像

凡，所以能审虎断案，老虎是下凡的神兽，所以能懂人话、通人性，老妇人沈刘氏也是神灵，所以老虎为她养老送终。从此，每逢久旱不雨，人们就到老虎埋沈刘氏的旱包顶坟前焚香礼拜，俗称"烧旱包"，并且很是灵验。人们又为狄仁杰修了座"狄梁公祠"，就在昌平县城西的旧县村。

在清官传说中，包公是历代廉洁、机智、铁面无私的清官代表。民间流传的包公传说从故事情节而言，汇集了历代清官断案故事。因此，我们常常会发现，相同的故事情节，断案的主人公不同，有时是包拯，有时是

电视连续剧《神探狄仁杰》之四《神断狄仁杰》剧照

施世伦，有时又是狄仁杰，也有时是海瑞。如采录于1986年延庆县李德春（当年52岁）讲述的《包公审石头》：

有个卖炸糕的小孩儿，卖完炸糕后将两串铜钱放在油篓里，搁在一块石头上，就进茅厕解手。等到解完手，油篓里的钱不见了。小孩子急得直哭的时候，正好包老爷从旁边经过，小孩便向包老爷禀报了经过。

包老爷一听，便说要向搁油篓的石头要钱。于是衙役把那块石头抬进道旁的一座土地庙里。大家听说包老爷要审石头，都很稀罕，纷纷来看。包老爷对着石头说了一阵话，哈哈一笑，说是石头招认，因为穷就偷了小孩子的钱，并让来看热闹的人每人捐上三个黄钱，以免石头以后为害。包老爷让衙役端来一盆水，老百姓捐的钱就往那盆水里扔。赵钱孙李周吴郑王都扔过后，轮到一个姓冯的了，他摸了半天才摸出三个钱，犹犹豫豫地半天又才扔进去。包老爷一看他扔的钱，便下令把他抓起来，并审问他，可是姓冯的不肯认账。最后从他身上搜出了两串铜钱，放在水盆里一试，水面马上浮了一层炸油糕用的胡麻油。原来包老爷就是从姓冯的扔在水盆里的钱浮出来的油花找到他偷钱的证据的。

河南开封包公祠

黎邦农搜集整理:《包公的传说》,
光明日报出版社1986年版

同样是"审石头",内蒙古鄂尔多斯地区蒙古族故事家朝格日布讲述的是"施不全审石头"(施不全即施公,清代名臣施琅之子,有才而貌丑。民间流传的"十不全"故事即多讲施公断案,且有"十不全"信仰)。其他地方传说中的审石者为海瑞、狄仁杰或其他清官,审案时投钱的数量有时为一枚,有时为三枚不等,被审的有时为石头,有时为一棵树等。

三是文人墨客传说。这些人物往往是文学艺术方面有着杰出贡献的人物,如楚国诗人屈原、晋代大书法家王羲之和王献之父子、唐代诗人李白、宋代文学家王安石和苏轼及理学家朱熹、明代画家唐寅和文学家冯梦龙、清代杰出的小说家曹寅和蒲松龄等文人墨客都有较多传说传世。文人墨客传说往往一方面强调他们杰出的天分和才华,另一方面强调他们勤学苦练、刻苦向学的精神,还有大量关于他们的风流逸事和儿女情长的传说。这些传说中的文化名人往往比史书记载和文艺作品展现出来的人物形象更加血肉丰满、更具有生活化和喜剧化的色彩。

朱熹的传说中,他的神笔能将作怪的小鬼钉在墙上,也能将兴风作浪、残害渔船的水中鱼妖斩杀。朱熹这样一位坚持"饿死事小,失节事大"的理学家,又能与狐精产生真挚的爱情,甚至为其树碑立传……以下仅以朱熹与神笔的传说进行简要介绍。

相传建州建安县有个地方叫党城,宋朝学者叶味道的族人居住在这里,并留下一座"右文书院"做族里子孙读书的地方。因为书院地僻人静，常常有小鬼作怪，它们在这里嬉戏玩耍，还乱翻学童书本，撕撕画画，甚至戏弄教书先生。

有一天，朱熹回武夷山时坐船路过党城，听说右文书院是讲学的好地方，就登岸巡视书院。当时书院的山长叶楚仁听说朱夫子路过，便带着众弟子迎接，并请求朱熹登堂讲学。朱熹接受了请求，答应讲学一句。

朱熹在书院住下后，到了夜晚，那五个小鬼看到有个陌生的老头住进了书院，便要戏耍他，并搬走了朱熹带来的一叠书，又模仿私塾先生讲学的样子在那里摇头晃脑，最后吵醒了朱熹。朱熹

醒后并不惧怕，反而气愤地随手拿起朱笔向小鬼掷去，并喊了一声"着"，结果，小鬼头被牢牢地钉在墙壁上。其他四个小鬼吓得赶快逃走，只有被钉的小鬼痛得哇哇大叫，求饶不迭。朱熹不理，取来三角形的木楔，换下自己的朱笔，从此小鬼头就永远钉在墙壁上，右文书院再也没有小鬼来闹事了。

人们说，原来的"鬼"字是个端端正正的"史"字，因为被朱子用朱笔钉在壁上，所以变成歪头翘脚的"鬼"字，其中最后两个笔画的"厶"就是朱熹用来代替钉鬼朱笔的三角形木楔。

在这一则传说中，不但树立了朱熹不惧鬼怪的形象，还顺带地解释了

《晦庵先生朱文公文别集》书页。中国国家图书馆藏(李丽丹摄)

"鬼"字变形的原因，虽然其字变化的原因显然属于附会，却无损于传说中朱熹的高大形象。关于朱熹与神笔还有另一则传说：

　　在朱熹出生地尤溪有个鲤鱼潭，里面有条黑鲤精，常常兴风作浪，翻船吃人，人们都害怕过这个潭。朱熹八岁离开尤溪，随父前往建州居住，后来几经波折，历经了父亲亡故、在外居官等，很少回去。有一年，他回来时途经鲤鱼潭，黑鲤精又开始翻起波浪。正在舱内休息的朱熹被惊醒后，爬出船舱，毫不惧怕地赶忙抽出笔筒里平时批点诗书用的红笔，朝翻来的巨浪用力地甩了过去。笔过之处，红光乍现，结果黑鲤精背上像被剑穿过，精怪翻了两下，沉到了水底。水面一下子风平浪静，并且从此再也没有黑鲤精作怪了。在尤溪边的沙滩上至今还有一条深沟，据说是朱熹当年笔斩黑鲤精时留下来的朱红笔的遗迹，所以不管溪水多大，泥沙再多，都不会积到这条沟里。

　　这些传说与正史上朱熹作为理学家的身份不一致，也与"子不语怪力乱神"的儒家传统不合，但它们代表了民众对于一代文学家、思想家的想象与认可。晋代的王羲之与闻名的"墨池"、李白醉入江中采月而死的"采石矶"、王安石与结婚时写"囍"字的由来、苏轼三难苏小妹、唐伯虎三笑姻缘等文人故事无不充满了民间对于文人的生活化、狂欢化或柔情化的想象。

　　四是能工巧匠传说。这些能工巧匠往往是在物质生产和文化生产中做出过杰出贡献的人物，他们有的甚至被奉为行业神，在某一行业内的诸多事件，往往就被安插在同一个人物的身上，突显其才干。影响较大的能

鲁班设计九梁十八柱、七十二条脊的角楼
（中国鲁班网）

工巧匠传说包括：木工行业信奉的始祖神鲁班的传说，中医行业信奉的扁鹊、华佗、李时珍、张仲景等人的传说，酿酒行业的行业神杜康的传说等等。如鲁班本是春秋时期鲁国著名的工匠公输般，《墨子》中有"公输篇"和"鲁问篇"记载其人其事，而在鲁班传说中，多详细描述了鲁班通过刻苦观察水中的鸭和鱼发明了舟、帮助人们建黄鹤楼、张果老考验鲁班所建的赵州桥、鲁班与妹妹打赌分别发明八角亭和伞等传说。

五是美女贤妇等女性传说。前面四个类别的传说均以男性为主人公，这与中国几千年的男权社会统治有着非常密切的关系，但是，无论是从物质生产、精神生产还是从生命的生产上，中国女性对于历史的贡献，并不少于男性，她们的存在与作用都不应该被忽视。历代史官对于女性的记录甚少，且多记录那些有"恶声"的宫廷贵妇的行事与命运，如吕后、武则天、杨贵妃等，且记述多简略。民间传说却从未忘记这些女性的贡献与她们的命运，这一类女性人物的传说有较为悠久的流传历史，只是在研究中较少受到人们的关注。其中较为著名的有中国四大美人西施、王昭君、貂蝉、杨玉环的传说，这些传说都有与之相关的戏剧、影视作品流传。其他女性传说中，还包括丑女无盐的传说，至今仍然有一定的影响，近年来还被拍成《钟无艳》等影视剧作。此外杨

《西施女诉心病》,明《梨园会选古今传奇滚调新词乐府万象》

门女将等传说也流传广泛,这些女性人物传说也是帝王将相传说的一部分。

此外,宗教人物的传说在各地流传也很兴盛,如西王母传说、老子传说、八仙传说、千手观音的传说、张道陵的传说、如来佛的传说、财神传说、碧霞元君传说等,后文将对此有所论述。乱臣贼子等反面人物的传说包括贪官污吏的传说、卖国求荣的汉奸传说、酷吏的传说等,这类传说往往与特定的地方风物结合在一起,如河南开封的杨家湖和潘家湖便分别与杨家将传说和奸臣潘仁美传说、西湖边的岳坟与分布在许多地方的秦桧跪地像和秦桧传说等都紧密联系在一起。

以上所讲述的都是流传时间很久远的古代人物传说,现当代的一些人物,如孙中山、毛泽东、周恩来、蒋介石、杨靖宇、贺龙等近百年来的政治、军事人物也产生了一些传说。人物传说有一些共同的特点:传说中的人物往往是"箭垛式"的(胡适语,指人物本身是多个故事的集合体,原本发生在不同人物身上的故事、不同时代流传的故事,会在时间的流逝中渐渐集中到同一个人物身上,使这一个人物在某一方面的特征特别突出,具有鲜明的、丰富的"箭垛"式的叙事效果),因此会发现不同民族、不同朝代、不同地域的不同人物身上,往往会有相似的故事情节。

清代秦桧铁跪像,藏于中国国家博物馆(李丽丹摄)

史事传说

史事传说以叙述历史事件为主,以一定的历史事件为中心,这一事件及其中的人物往往是历史上真实发生过的，但其情节往往是离奇和虚构的，因此，它是较典型的建立在真实历史基础上的虚构性故事。史事传说讲述的并不是真正的历史事件，但传达的却是劳动人民对历史的认识。它们刻画的往往是多阶层多方面人物的心态，尤其能展现民族自豪、人心向背等真实的历史情感。

河南朱仙镇年画"岳飞战杨再兴"

史事传说叙述的往往是关系国家、民族或地域存亡的重大历史事件，往往与人物传说有所交叉，但人物传说重在记人，以人始，以人终；而史事传说重在记事，以事始，以事终。虽然在记事中往往也会刻画一些人物，但这些人物往往多为一般百姓或集体性的代表。如岳飞抗金传说中，以"岳母刺字"为代表的一系列讲述岳飞个人经历和事件的传说就属于人物传说中的帝王将相传说。而河南新乡流传的岳飞强攻凤凰山的传说，则属于史事传说，其重点不在反映岳飞个人的英勇事迹，而在突出岳家军的治军之严等。史事传说反映的内容很广泛。根据其主题，有的研究者将它分为反抗外来侵略的史事传说、农民起义的传说、革命历史事件的传说等，如湖南湘西土家族提前一天过的"赶年"习俗与土家族人反抗外来民族侵略

的历史有关。秦汉以来，以陈胜吴广起义、赤眉军起义、李自成起义、太平天国起义、义和团运动等为代表的大规模农民起义，参加者多达数十万乃至百万，且往往在多个地区活动，给历朝统治者以致命打击，甚至直接或间接地导致了朝代的更替，这些起义一方面被统治者以"匪"、"流寇"等为名记入正史，另一方面也在民众间以另一种面目被记忆和传说。革命历史事件主要指围绕近现代以来的重要历史事件产生的传说，包括抗日传说、辛亥革命传说、红色娘子军传说等。

也有研究者将史事传说分为统治集团内部斗争的传说、抵御外来侵略的传说、族源和迁徙的传说、民族团结的传说等。与人物传说可以按职业和性别进

浙江杭州西湖岳王庙内岳飞雕像

行分类不同，史事传说在不同时代有不同的反映主题，某个历史阶段反映民族迁徙的传说，在另一个时期有可能被视为侵略与反侵略的传说；在一个历史阶段是反映侵略与反侵略的传说，在另一个历史阶段可能被视为统治阶级内部斗争或民族交往的传说。因此，在这里，我们仅参考这些历史分类方法，通过史事传说的介绍，了解其特征。

在汉藏文化交流史上，曾经发生过一件重要的历史事件，即松赞干布迎娶和亲的文成公主，至今藏族地区还流传这样的歌谣来吟唱这段历史：

> 从汉族地区来的王后文成公主，
> 带来不同的粮食共有三千八百类，
> 给西藏的粮食打下坚实的基础。
> 从汉族地区来的王后文成公主，
> 带来不同手工艺的工匠五千五百人，
> 给西藏的工艺打开了发展的大门。
> 从汉族地区来的王后文成公主，
> 带来不同的牲畜共有五千五百种，
> 使西藏的乳酪酥油从此年年丰收。
> 汉藏友好的使者——文成公主。

民歌中的数字可能有夸张之处，但是文成公主对于汉藏文化的交流，尤其是对藏族文明的发展有重要的贡献，却是不争的历史事实。这段历史，在民间传说中以强烈的传奇色彩，在汉、藏、回、蒙等西藏地区生活的各个民族中长久地流传着，即《松赞干布迎娶文成公主的传说》（又名《禄东赞的传说》）：

传说年轻的松赞干布决心和唐朝交好，便命令大

国家博物馆内展出严钟义供图的布达拉宫松赞干布和文成公主塑像（李丽丹摄）

相禄东赞为使者，向唐太宗求娶一位公主为王后。和禄东赞一同到大唐王朝求亲的还有其他地方的6个使臣。可是唐太宗认为吐蕃太远，不愿将公主嫁往边疆苦寒之地，于是就和大臣们商量，提出只有解答三个难题，唐王朝才同意将公主嫁往吐蕃，否则只能谢绝这门亲事。

这三个难题分别是：将100匹小马放在中间，100匹母马拴在四周，要能够分辨出小马各自的母亲；用一根线穿过一块中间有极细的弯曲孔道的玉石；将两头刨得一般粗细的一根大木头分出头尾，并要说出其中的道理。

其他6位使者试了很久，都无法解答这三道难题。最后，禄东赞带着吐蕃使者想出办法，将三个难题一一解开：

用上等草料喂饱100匹母马，饿着100匹小马，结果，吃饱的母马叫了起来，招呼自己的小马吃奶，就分清了每匹小马各自的母亲；抓来一只蚂蚁，将线系在蚂蚁的腰上，再在玉石的一个孔眼抹一些蜂蜜，而把蚂蚁放在另一个孔眼，蚂蚁闻到蜜香，就沿着蜂蜜的香味顺利地穿过了细小弯曲的孔道，但是从此蚂蚁的腰中间就被勒细了；将木头放在河里，木头浮在水面时，前头轻，后头重，前头就是树梢，后头就是树根。

禄东赞的聪明才智让唐太宗很佩服，同意将一位公主嫁往吐蕃，但是吐蕃必须从500个穿着打扮一模一样的姑娘中认出真正的公主来。吐蕃使者设法结识了一位公主身边的老仆人，并从仆人的口中得知公主喜欢用一种花香，所以蜜蜂常常寻着香味在公主周围飞。于是，他们又顺利认出了真正的公主，终于完成了迎亲使命。

唐太宗最后把宗室女文成公主嫁给了松赞干布，送给她的是500驮五谷种子、1000驮锄犁，还有数百名各行业最好的工匠作为嫁妆，从此汉族文明传到了西藏。公主到了逻些（今天的拉萨）后，吐蕃人民穿着节日的盛装，迎接这位远道而来的赞蒙（藏语王后）。松赞干布非常敬重文成公主，并为她修建了唐式宫室，也就是今天的布达拉宫。

这一则传说具有非常鲜明的民间故事的特征，有民间故事中最常见的"难题考验"母题，且是民间故事中常见的"三叠式"结构（又称三段式结构，即主人公往往会遇到三个不同的难题；或者三个不同的人来解决同一个问题），尤其是其中的考验内容，与在中国流传非常广泛的"弃老国"型的民间故事非常相近，而从500个穿戴相同的姑娘中认出公主，又与"难题求婚"型的民间故事相同。但整个传说的主题并非难题考验，而是

青海日月山口——唐蕃分界碑，传说文成公主远嫁松赞干布，在此下轿向大唐揖别。此处山口对面山上，有很大的玛尼堆，供人们祭拜(刘锡诚摄)

突出吐蕃为了迎娶大唐公主，如何展现自己的聪明才智，禄东赞只是吐蕃人的代表，故事以想要迎娶大唐公主为始，又以成功迎娶文成公主为终。其间的人物，如松赞干布、文成公主等都是真实的历史人物，文成公主和亲时，带着工匠和种子前往吐蕃，从而为吐蕃的经济和文化发展做出了巨大的贡献，这也是真实的历史事件。

这则传说正是在这些历史真实的基础上，以虚构的非真实事件，来表达吐蕃人的民族自信与骄傲，也传达了对于文成公主的敬佩与感谢之情。史事传说以传奇的想象，表达了某一时期民众对于历史事件的看法和情感倾向，它们记载的是较少为正史所关注的老百姓的历史观，是一种真实存在过的历史感情的文学记录，也逐渐成为文化、思想史研究的关注对象。

风物传说

风物传说在我国各个民族和地区流传广泛、数量众多，它们通常能够解释山川河流、风景名胜的形成原因，对地方特产、风俗习惯的由来进行阐释。按照风物传说反映的对象，可以将其分为三个类别：名胜古迹传说、地方物产传说、风俗传说。

名胜古迹传说主要围绕某处自然山水、历史建筑与工事等展开，往往解释这些事物的特征和名称的来历、它们的影响与意义等。这些解释性的风物传说增添了山水名胜的诗情画意，赋予了自然或建筑等以文化的内涵，从而令其更加灵动，也寄托传说讲述者的自豪感与

山西太原晋祠难老泉内"难老"、"晋阳第一泉"亭台及匾额(余坤明摄)

乡恋情结。

几乎每个省市，只要稍有历史，均有值得骄傲的代表性山水或建筑，如重庆的三峡、湖北的黄鹤楼、湖南的岳阳楼、北京的故宫等，这些山水和历史名胜，都有着动人的传说。在山西省的省会太原，流传着"不到晋祠，枉到太原"的说法，认为晋祠于太原，恰如紫禁城于北京一样。晋祠作为太原的代表性名胜，又如西湖有十景一样，有着"晋祠三绝"：难老泉、侍女像、圣母像，其中，难老泉尤其受到人们的尊敬与崇拜，这与难老泉的动人传说不无关系：

传说在晋祠附近的金胜村，有一家姓柳的闺女嫁到晋祠一带做人媳妇。这一家的婆婆特别恶毒，每天都要媳妇到很远的地方去挑水。为了防备她在回家的途中偷懒休息，还特地做了一对底部尖尖的水桶。挑回来的水，婆婆只要前桶，不要后桶，嫌后桶里的水脏。

有一天，柳氏媳妇挑水回来的路上，遇到一个骑着马的老人家，说是口渴要借水。柳氏心地善良，看老人家年龄大，便停下来扶着桶让老人喝前桶里的水。老人喝完水，后桶的水也因桶底尖尖放不平，都洒了。柳女就又重新返回去再挑。这老人还在道旁，又说马渴了也走不动路，要借水饮马。心善的柳氏女又停下来将后桶里的水让给老人的马喝，这一回，前桶里的水又洒光了。

山西太原晋祠圣母像（佘坤明摄）

柳女毫无怨色地准备再返回去挑一次水，老人却叫住她，送给她一条金丝马鞭，告诉她：马鞭放在水缸里，只要轻轻向上一提，水就会满缸，但是不能把马鞭全部从水缸里提出来。柳女谢过老人家，拿着马鞭回家一试，果真灵验，从此，柳女便再也不用辛辛苦苦地每天天不亮就去挑水了。

婆婆发现柳女不再每天辛苦挑水，水缸里却总是满满的，想要寻媳妇的错处，又不好寻。于是，有一天，婆婆借口她很久没有回娘家了，让她回娘家待一天。趁着柳女回娘家，婆婆在水缸里到处摸，结果发现了金鞭。她用力一提，金鞭离开了水缸，顿时，水从缸里一直往外涌，慢慢浸过了村子，眼看就要淹没附近的村庄……柳女这个时候正

在娘家梳头，听说发大水了，一下子就想起了老人送的那条神奇的马鞭，她马上拼命往回跑，找到自家的水缸，却找不到马鞭。她情急之下，一下子坐在水缸上，想堵住水势，结果，水真的越来越小，人们得救了。可是因为怕再发大水，柳女再也没有离开水缸，渐渐地就化成了一尊石像，但身下的水也还是细细地流着，足够一村人的吃喝。

为了感谢柳女救了大家，人们便将她奉为水母，柳女身下的泉水也便被人们传为"难老泉"，这里的泉水即便是三九严寒，也不会冻结……

"难老泉"的传说至今还在太原广泛流传，这与几千年的传统文化中，婆媳关系的微妙难处有关，尤其以赞扬的情感肯定了"好人有好报"的传统美

德，同时也宣扬了一种自我牺牲的集体主义精神。这些情感，往往是风景名胜传说的常见主题，如武汉的龟蛇二山的形成、长白山天池的形成等。地方物产传说往往与人们珍贵的味觉记忆和视觉记忆有关，如西安羊肉泡馍的来历、长白山人参为什么珍贵、云南过桥米线为什么鲜香美味、天津闻名海内外的包子为什么叫"狗不理"等等。风俗传说中最有代表性的就是各个民族的节日传说，几乎每个民族的每个节日都有一个乃至多个关于节日来历的传说，如汉族的端午节、苗族的龙船节、哈尼族的六月节、藏族的朝山节等，都各有多个相关的节日传说。

动植物传说

动植物传说是指关于动植物来历的传说、动植物特性形成原因的传说，其中较为世界性的传说有十二生肖

民间剪纸《老鼠嫁女》

的传说，在中国的十二生肖传说中，首先提到的是《猫和老鼠结仇》的传说。猫和老鼠是好朋友，动物们要上天去排十二生肖，猫便请老鼠到时叫醒自己，一起去参加比赛，结果老鼠背信弃义，独自参加了比赛，还获得了头名。从此，猫便恨上了老鼠，见到老鼠就抓。其他传说中，还解释了十二生肖中为什么没有骆驼、骆驼为什么喜欢灰堆等。一些民俗信仰中，除夕夜或者正月十六，是老鼠嫁女的日子，这一天里，家家户户要炒芝麻为老鼠成亲准备喜糖。这一民俗也有与生肖相关的传说：因为猫和老鼠结了仇，老鼠想化解与猫的怨恨，便请黄鼠狼做媒，将自己最漂亮的女儿许配给猫，猫满口应允。结果，老鼠择定吉期把女儿嫁到了猫家，最后成了猫新郎的一顿美餐。因此民俗认为，只要在老鼠嫁女这一天不惊扰了老鼠，所有的老鼠就能被猫吃掉，减少鼠害。

有的动植物传说被视为神话，有的被视为地方风物传说。如关于黄牛为什么帮人们干活的传说中，天帝命黄牛将"每天要一吃三打扮"的话传给人间，

春牛图

杨柳青年画《春牛图》

正在制作中的黎族山兰酒（南海网）

可是黄牛记性不好，传成了"每天三吃一打扮"了，结果天帝为了惩罚黄牛，便让它帮人们干苦活累活，这样人们才能一天吃三餐。在有的民族中，这则关于黄牛习性的传说与该民族的洪水后遗民再生型神话融会在一起。

有的动植物传说也被视为地方或民族的风物传说。如黎族人在逢年过节或者吉庆之日，总会准备一种吉庆食品，即"山兰米饭"和"山兰米酒"，关于它们的由来有这样一则曲折的传说：

很久以前，财主哈利家的老婆生了一个儿子阿山后，再也没有生下第二个孩子。过了两年，他们又领养一个女儿阿兰。到阿山十岁那年，他们的妈妈去世了。再过了两年，爸爸娶了一个后妈南甘。南甘怕这两个孩子长大后会分走可能属于自己的孩子一个人的遗产，便不断地用阴谋诡计离间他们与财主的关系。在南甘的教唆下，哈利终于相信，这两个孩子不贤不孝。加上南甘威胁哈利，如果不除掉两个孩子，自己就要离开，于是哈利便借口采药，带着两个孩子到了深山，把他们丢弃在那儿后独自返回了家。

阿山和阿兰在深山里一直等不到父亲，最后终于明白父亲已经抛弃了自己。他们在布谷鸟、神仙和乌鸦的帮助下，得到了各种粮食的种子、可以吃的鹿、切肉的刀、煮食的土罐和火石。二人开荒种地，勤劳地生活在深山里，帮助他们的乌鸦也因为火熏和刀伤，全身白羽变成黑毛，又只能单脚跳行。

哈利回到家后，遇到种种奇怪的事：失踪的刀、土罐、火石和不断生长与破坏厨房的长长的冬瓜藤。为了根除冬瓜藤，哈利开始顺藤找根，结果找到了阿山和阿兰已经经营得非常富足的家。阿山和阿兰虽然因为养育之恩而招待了父亲，但却憎恨狠心的后母，并将一条小蛇装在小罐中作为神仙送的女人酒让父亲带回去给南甘，最后南甘被蛇咬死，两人成功报仇。

雷公为了劝说阿山和阿兰结为夫妻，不小心弄瞎了自己一只眼，所以现在的雷公都因为这一次做媒而只有一只眼。阿山和阿兰从此在山上繁衍后代，他们从布谷鸟那儿得来的水稻种子也演变成了可以在山坡播种的旱地谷种，并被后人纪念他们而命名为"山兰米"。

这个关于山兰米来历的故事，是典型的"后母虐待"故事结合地方物产而成的一则传说，同时又解释了乌鸦为什么黑、雷公为什么一只眼瞎等日常生活中的一些常见现象和民俗信仰知识。

民间传说与人们的日常生活关系如此密切，以至在日常生活中，事无巨细，都有相应的传说流传。传说的多样化分类，每一个类别的传说与其他类别的传说之间的跨越与融合，也正与中国民间传说包罗万象的解释性、依附性密切地联系在一起，将历史的沉重、诗性的轻盈与人们的生活相呼应，成为中华民族文化与诗意并行栖居的一根纽带。

民间传说与民族文化

精神

MINJIAN CHUANSHUO YU MINZU

WENHUA JINGSHEN

这一拜，春风得意遇知音，桃花也含笑映祭台。

这一拜，报国安邦志慷慨，建功立业展雄才。

这一拜，忠肝义胆，患难相随誓不分开。

——《这一拜》，电视剧《三国演义》插曲，王健作词

　　为什么同一则民间传说，会出现在许多地区？为什么关于一个汉族历史人物的历史传说，会在多个民族间广泛流传？为什么一则民间传说，在流传之初，载于史册的不过三言两语，最后却被人们添枝加叶成了几万言，甚至几十万言的长篇巨著，有的走向戏剧舞台，有的走向通俗小说，又以千姿百态的样式出现在人们日常生活的各种艺术作品中？这些问题的答案，从深层意义上来说，都指向了两个字——文化。民间传说并非只是说说而已，而是具有多重文化意义，大多数得以久远而广泛流传的民间传说，都深深地承载着中华民族的传统文化精神，并在不断"添枝加叶"的过程中，将民族的文化精神不断强化，它们既是人们对于自身文化的认识，又传递着对于生活的期望，因此才会以各种形式在各个地方、各个民族中流传。在这些传统文化精神的表

金代(1115—1234)孝子故事雕砖，国家博物馆藏(李丽丹摄)

达中，最普遍、最得到人们认可和传扬的无疑是中华民族中的忠孝、仁义、智勇等精神。

忠孝精神

几千年来，作为中华民族传统道德的基本行为准则，人们将忠孝视为人之天性。无论是国家的大传统，还是家族或村落的小传统，父慈子孝、忠君爱国都受到重视和提倡。孔子认为"孝"者即"善事父母"，主要指孝敬父母、尊老敬贤；"忠"的本义是指在人祭祀时要保持肃穆恭敬之态，后来主要用于指忠于君主及国家等，又有"食人之禄，忠君之事"等意义。"十三经"中的《孝经》把孝当做天经地义的最高准则。北宋的张载作《西铭》，在《孝经》的基础上，将忠孝融为一体，加以阐发，民间更是将忠孝并提，而今天，人们已经将"忠君"中"君"的帝王之意延伸为国家、民族、工作等。

以孝道而言，"父母在不远游"和"父在观其志，父没观其行，三年无改于父之道"的圣人古训至今仍对人们有着重要的精神约束与文化指引；"天下无不是的父母"等俗语更是以直白语言，表明民间对于"孝顺"的理解，甚至有"孝以顺为先"等俗语作注解。在全国各地，流传着大量赞扬孝道的传说，影响最大、在民间和典籍记载中出现得最多的是二十四孝传说，其中又以董永传说流传最为普遍，传播方式最为多样化。

作为第一批入选国家级非物质文化遗产名录的民间传说之一，董永传说在中华大地上已经流传近千年，传播区域遍布全国，山西省万荣县、江苏省东台市、河南省武陟县、湖北省孝感市等四个县市均为这一传说传播的主要地区。董永传说最早见于西汉刘向的《孝子传》，此后三国曹植的《灵芝篇》也吟咏此事：

董永遭家贫，父老财无遗。

举假以供养，佣作致甘肥。

责家填门至，不知何用归。

天灵感至德，神女为秉机。

东晋干宝的《搜神记》记载得较为详细：

汉董永，千乘人。少偏孤，与父居。肆力田亩，鹿车载自随。父亡，无以葬，乃自卖为奴，以供丧事。主人知其贤，与钱一万，遣之。永行三年丧毕，欲还主人，供其奴职。道逢一妇人，曰："愿为子妻。"遂与之俱。主人谓永曰："以钱与君矣。"永曰："蒙君之惠，父丧收藏。永虽小人，必欲服勤致力，以报厚德。"主曰："妇人何能？"永曰："能织。"主曰："必尔者，但令君妇为我织缣百匹。"于是永妻为主人家织，十日而毕。女出门，谓永曰："我，天之织女也。缘君至孝，天帝令我助君偿债耳。"语毕，凌空而去，不知所在。

这一传说中的基本情节在此后近千年的流传中都得到了保存：董永卖身葬父；路逢女子自愿为妻；妇人能织，助董还贷；债毕，女子回到天庭。故事的情节围绕"孝者得报"主题，对董永的孝行加以肯定与赞扬。

到了宋元时期，随着说书行业的发达，"董永遇仙"的传说以话本的形式流行开来。明代又经过文人洪楩的采编、整理，收入《清平山堂话本》这一对后世的通俗白话小说有重要影响的话本小说集中。嘉靖前后，民间艺人又依据宋元话本《董永遇仙》改编成戏曲《槐荫树》、《织锦记》、《遇仙记》等，将董永的形象搬上了舞台。新中国成立后，安徽安庆黄梅戏《天仙配》中"董永与七仙女"的故事情节更加完善，"树上的鸟儿成双对……夫妻双双把家

还"等经典唱段广泛地传唱于全国，并多次登上中央电视台春节联欢晚会的舞台。

中国传统文化对于孝道十分重视，尤其是在今天，许多地方的民俗中，如何在父母去世后将他们风风光光地大葬，是为人子女的重大责任，甚至有的地方将孝分为"活孝"和"死孝"两种，"活孝"即是在父母在生时，对父母孝顺，"死孝"即为在父母去世后，能够很好地安葬父母，并且在各种葬仪、祭奠中对父母尽心尽力。有的地方还由此滋生出通过葬礼攀比奢华的不良风气。董永卖身葬父，如何让亡父能够体面地安葬，是传说中的关键情节，而董永也因在这一事件中体现出"纯孝"的优良品德，得到天帝的怜悯与帮助。

今天的董永传说，无疑更加复杂和

湖北孝感董永故里

曲折多变，也更加吸引人，但宣扬孝顺得报的主题仍然没有改变，只是在宣扬孝道的主题之外，还附加了情爱缠绵的男女情感。董永传说中，将董永对父亲的"孝"与织女对于爱情的"忠"结合起来，而在许多爱情传说中，都讲述了恋人间忠贞的感情，如《白蛇传》中白娘子对许仙忠贞的爱情，《孟姜女》中孟姜女宁死也不愿再嫁秦始皇，都肯定了主人公对爱情的坚贞不移。今天，在山西、江苏、湖北等地流传的董永传说基本有着较一致的核心情节：

董永家贫，与父亲相依为命。后来，父亲不幸亡故，董永无钱安葬，便自卖自身，到一户富人家去为奴，贷得银钱将父亲安葬。在安葬完父亲后，董永前往主家为奴，途经大槐树时，遇到一位美丽的女子，愿意与董永为妻。二人在大槐树的见证下结为夫妻，并一同前往主家劳作偿债。主家感动于董永的孝心，提出只要织完一定量的布匹（有的地区传为十匹，有的为百匹），就可以得到自由。结果，董永的妻子在三日内（有的传说为一月之内）就织出精美无比的布匹。主人依约让董永携妻子回家。回到家后，董永的妻子却告知他，自己是天帝的第七个女儿，因为他卖身葬父的孝心感动了天帝，就派自己下来帮助他织布还债，现在债已还毕，自己要回到天庭了。

在一些董永传说中，董永与七仙女回到自己贫寒的家中，七仙女以一双巧手，帮助董永渐渐过上了好日子，还为他诞下一子，那便是汉代大儒董仲舒，但七仙女因为在人间停留时间过长，不得不回到天庭。后来，董仲舒在一位神仙老人的指引下，从七个仙女中认出了

2003年发行的《董永与七仙女》邮票册

自己的母亲，得到了母亲（有时是外公）送的一本天书，所以董仲舒才有了后来的大学问。

这些传说的内容无疑都是附会于历史人物，但其中关于"孝"的文化精神却是一脉相承地体现在父子两代人身上：董永因卖身葬父，最后得到仙女的帮助还清债务；董仲舒因为痴心寻母，得到神仙的帮助最终找到母亲，也因为他的孝行而得到天书，最后流芳千古。

"二十四孝"的传说中，还有一些传说也非常动人，如传说中的五帝之一舜多次受到父亲瞽叟和继母、异母弟象的迫害：让他修补谷仓仓顶时，从谷仓下纵火；让他掘井时，向井里下土填井等等。舜均得以逃脱，此后仍然对父亲恭顺、对弟弟友爱。他的孝行感动了很多人，当时的帝尧听说后将自己的两个女儿娥皇和女英嫁给他为妻，并最终选了他做继承人。舜做天子后，仍然对父亲恭敬，亲舔盲眼，治好了父亲的眼疾，又分封弟弟象为诸侯等等。二十四孝传说中的一些孝行传说已经演变成人们日常生活中的成语，如老莱子的"彩衣娱亲"、曾参的"啮指痛心"、闵子骞"芦衣顺母"、丁兰"刻木事亲"、黄香"扇枕温衾"、郭巨"埋儿奉母"、王祥"卧冰求鲤"、孟宗"哭竹生笋"等。1984年，湖北孝感在相传董永卖身的付员外家址，修起一座仿古式建筑——董永公园。瑶池仙境、槐荫古树、理丝桥、升仙台、孝子祠等景观，再现了董永孝敬老人、勤劳朴实的精神风貌。1996年，为进一步挖掘、弘扬孝文化，在董永公园"孝子祠"里，又塑立了"二十四孝"蜡像。

在二十四孝传说中，记载的主要是男子孝顺父母的故事，这与中国正统文化中，以男性为中心的传统分不开，但在民间传说中也有不少颂扬女性孝道的传说，有的为女儿孝敬父母，有的为儿媳孝敬公婆。其中，最为传奇、历史悠久、影响深远的是《花木兰》的传说。

《花木兰》也是列入国家非物质文化遗产名录的传说，中华大地上无论南北，均流传着这一动人的传说。河南商丘市虞城县有"中国木兰之乡"的称号，湖北武汉市黄陂县有木兰山、木兰庙、木兰湖等多处以"木兰"为名的风景名胜，安徽亳州、陕西延安等地也都称自己为木兰的故乡。

20世纪70年代，古诗《木兰诗》被列为中学语文教育的必读篇目，大学教育则在1931年陆侃如、冯沅君纂写的《中国诗史》中即收录《木兰诗》，并一直是中文专业的必读篇目，木兰传说也因"唧唧复唧唧，木兰当户织。不闻机杼声，唯闻女叹息……"的诗歌而为人们所耳熟能详。这首诗最早收录在宋代郭茂倩编纂的《乐府诗集·横吹曲辞·梁鼓角横吹曲》中。以下所呈现的，是同题但选用较少，却又很鲜明地点出木兰故事的主题的另一首《木兰诗》：

木兰抱杼嗟，借问复为谁。欲闻所戚戚，感激强其颜。老父隶兵籍，气力日衰耗。

岂足万里行，有子复尚少。胡沙没马足，朔风裂人肤。老父旧赢病，何以强自扶。

木兰代父去，秣马备戎行。易却纨绮裳，洗却铅粉妆。驰马赴军幕，慷慨携干将。

朝屯雪山下，暮宿青海旁。夜袭燕支虏，更携于阗羌。将军得胜归，士卒还故乡。

父母见木兰，喜极成悲伤。木兰能承父母颜，却卸巾鞲理丝簧。

昔为烈士雄，今复娇子容。亲戚持酒贺，父母始知生女与男同。

门前旧军都，十年共崎岖，本结兄弟交，死战誓不渝。

今也见木兰，言声虽是颜貌殊。惊愕不敢前，叹重徒嘻吁。

世有臣子心，能如木兰节。忠孝两不渝，千古之名焉可灭！

这首诗歌较为完整地叙述了花木兰从军的原因：父亲老病，弟弟年幼，外敌入侵，所以花木兰女扮男装，代父从军。花木兰英勇杀敌，最后被封为将军，得胜回到故乡，重新恢复女儿身，侍奉双亲。诗中所吟唱的"忠孝两不渝"，正是中国传统文化所重视的忠孝精神。

花木兰是否是历史上的真实人物，至今仍然有争议，但在木兰传说中，她已经成为"忠"和"孝"两大传统美德集于一身的代表人物，故唐代追封她为"孝烈将军"，设祠纪念，肯定她的忠孝精神。此后，很多文人（男性）也以各

种方式赞扬花木兰代父从军的孝行与忠君精神。如元代元统二年（1334年）所立河南商丘虞城县周庄侯有造《孝烈将军祠像辨正记》石碑，明代戏剧大家徐渭创作的有"明曲之第一"和"天地间一种奇绝文字"之誉的《四声猿》杂剧中，即有《雌木兰替父从军》，影响巨大。清末天虚我生曾编《花木兰传奇》刊发于上海的《著作林》。其他如《女报》、《真话杂志》、《中国白话报》等新兴报刊也登载过不同作者编写的地方戏《木兰从军》。20世纪70年代，美籍华裔作家汤亭亭用英文创作的《女勇士》中，创造出首个西方人文主义和中国传统儒家文化相结合的木兰形象。"不爱红装爱武装"的巾帼英雄花木兰，在崇尚自由、个性的西方人心里也留有深刻印象。1998年美国迪斯尼公司推出的"美国版"《花木兰》，虽然倾注了鲜明的美国文化色彩，但对花木兰"忠"、"孝"品质的极力刻画仍然显示了木兰的忠孝精神在这一传说中的稳定性。20世纪的民间文学普查活动中，1988年四川阆中县城采录到一则《花木兰》传说，讲述了一个以花木兰为榜样，救父从军的"蜀中花木兰"韩娥的故事，表明了民间至今仍然流传着

这类传说。

在一些日常生活习俗中，也包含着忠孝文化的精神，同时也有一系列传说来解释这些习俗。汉族的小孩子刚出生时，很讲究贴身穿的小儿服装，"毛衫"即孩子贴肉穿的衬衣，这种衬衣是衩襟的明朝服装，而且袖口和衣襟都不缝边。现代人多以为这种毛衫是考虑到婴儿皮肤细腻，为了不让针头线脑伤害宝宝的肌肤才做成这样的，但是在民间传说中，却有着非常沉重的忠君爱国精神寄托其间：

明朝末年，吴三桂把清兵引进关来，糟蹋中原，眼看就到了民族和国家生死存亡的紧要关头，只有兵部尚书史可法死守扬州，抗击清兵。可是孤掌难鸣，粮草不继，昏君朱由崧在南京也不敢派兵救援，最后扬州失守，史可法被害。

史可法牺牲后，他的部下刘肇基都督带着幸存的几百名将士跟清兵巷战，并誓言生做大明人，死是大明鬼，只要有一口气，就决不放下杀贼的刀，清兵百般诱降都没有作用。最后刘肇基身受重伤，无法再战。他眼看大势已去，本想让夫人和自己一同以身殉国，但又想到夫人有孕在身，如果一同死去，复国报仇的遗志就无人能继。于是他派出亲信，送夫人到乡下避难，并在遗嘱中留下"生降死不降，母为子不降；国破忠烈在，复仇赖儿郎"的遗言，又交代夫人："一定要让孩子出生后穿着大明衣服，永世不忘国仇家恨！"

清兵夺天下不久，刘肇基的夫人生下了一个儿子，夫人牢记丈夫的遗言，暗暗地给小毛头穿上了明朝衬衣，并且衬衣的袖口和衣襟都不缝边，意思是：此仇不

浙江武义孝里古村牌匾

报，痛苦无边，要小辈牢记在心里。因为这衣服都是毛边，所以叫"毛衫"。这件事情传开后，老百姓为了纪念和颂扬史可法与他的部下忠贞爱国的精神，都学着给自己的小毛头穿毛衫，巴望着孩子长大后尽忠报国。所以这个风俗一代一代传了下来。

尽管今天国家的概念与明清转换之初所包含的民族之意有了不同，新中国所包含的民族里也有当年按"入侵"而言的满族，但改朝换代之际，为前朝尽忠仍然被视为忠义精神和爱国精神的表现。在北方汉族地区，还流传着过"十二响"的习俗，即宝宝出生十二天时，要给孩子举办一场庆祝的仪式。老人们认为宝宝到了十二天，母亲因生产而裂开的骨缝可以合上，过了月子里的重要一关，所以要给产妇吃饺子，意思是捏骨缝，而孩子的外婆、小姨等母亲这一方的亲属还要送各种礼物，这些礼物中一定包括婴儿穿的"毛衫"，这也是《小孩为什么穿毛衫》这一传说解释的民俗所产生的变体。更有许多地方以"孝"、"忠"为地名，湖北的孝感、重庆的忠县、浙江的孝里等，还有很多城市的街道里有"孝闻街"、"忠义路"等，这些都是承载着相关传说，传递着传统文化精神的日常生活文化现象。

仁义精神

中国传统文化中的儒家文化所宣扬的"五常"（仁义礼智信），最初由孔子提出"仁、义、礼"，孟子延伸为"仁、义、礼、智"，经董仲舒扩充为"仁、义、礼、智、信"，其中的"仁者爱人"等思想，成为贯穿中华民族伦理文化最核心的精神，并在中国人生活中的方方面面都产生了久远的影响。民间崇尚仁义，且一般将仁义并提，有许多生活用语，如含仁怀义、大仁大义，甚至连反用其义时也是"假仁假义"。一般指与人相处能融洽和谐，处处为他人着想，为仁；"义"则被老百姓通俗地理解为"人字出头加一点"，表示在别人有难时，能出头相帮，这也与孔子提出"义"时所指的"公正、合理"等意思相去不远：公正合理地对人对事，为义。所以有仗义执言、义不容辞、义无反顾、见义勇为等成语流传广泛。

仁者爱人，见人有难，必然出手相助。在文人传说中，有一种类型，主人公会变化，情节却非常相似，如浙江地区流传一则《题扇桥》的传说，讲述关于王羲之

的传说：

一个初夏的傍晚，王羲之散步时走到一座石桥边，正在举目四望，欣赏风景的时候，见到一位老婆婆扶杖提篮地走过来，满脸愁容，边走边叫卖："谁要扇子？谁要扇子？"可惜周围并没有人光顾她的生意。

王羲之上前问道："老婆婆，我看你脸上气色不大好，可是有什么难事？"老婆婆见王羲之态度温和，彬彬有礼，便指着自己满满一篮的扇子叹气："我们家做扇子为生，小本生意，可是如今世道艰难，根本就没有人买，一家老小，没有办法过活啊。"王羲之听了，非常同情老人家。他低头想了想，便要老婆婆把扇子拿出来，自己又借来笔墨砚台，靠在石桥的栏杆上，开始在扇子上写了起来。不一会儿，他就把扇子都题上了字。

老婆婆担心扇子涂了之后更加卖不

出去。王羲之对她说："老人家，放心吧！您只要说这扇子上的字是王右军写的，就会有人买了！"结果，老婆婆半信半疑地挎着篮子向闹市走去，到了市集的一角，老人家开始叫卖："扇子，王右军题字的扇子！有谁来买啊？"

老婆婆刚刚喊出口，立刻就有几个人围拢来。人越聚越多，纷纷欣赏扇子上的书法，交口称赞，为了能买到扇子，人们不断抬高价格。一会儿的功夫，一篮扇子就被抢购一空，价格还比平时高出许多。老婆婆拿着钱，高高兴兴地回了家，从此逢人就说王右军在石桥题字，扇子变得值钱的事。后来越来越多的人知道了，就管这座桥叫"题扇桥"，这就是现在绍兴市内的题扇桥。

著名的书法家或者文人题扇帮助老人渡过难关，这是这一类型的传说的核心母题，是对文人那种助人于危难困苦的仁者情怀的肯定。题扇助人的主人公

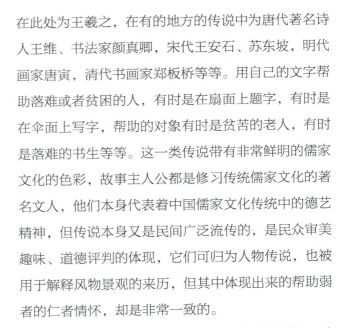

王羲之《兰亭集序》(公元353年4
月22日书写)之唐褚遂良摹本一
角

在此处为王羲之，在有的地方的传说中为唐代著名诗人王维、书法家颜真卿，宋代王安石、苏东坡，明代画家唐寅，清代书画家郑板桥等等。用自己的文字帮助落难或者贫困的人，有时是在扇面上题字，有时是在伞面上写字，帮助的对象有时是贫苦的老人，有时是落难的书生等等。这一类传说带有非常鲜明的儒家文化的色彩，故事主人公都是修习传统儒家文化的著名文人，他们本身代表着中国儒家文化传统中的德艺精神，但传说本身又是民间广泛流传的，是民众审美趣味、道德评判的体现，它们可归为人物传说，也被用于解释风物景观的来历，但其中体现出来的帮助弱者的仁者情怀，却是非常一致的。

仁者情怀，不仅仅体现在对同为人类的同情、关怀与爱中，也体现在对世间万物的怜悯和同情。因对于动物或者植物的仁爱而得到好报的故事母题频繁地出现在许多民间传说中，其中最为著名的如"田螺姑娘"传说的主人公，因为爱惜小小田螺，最后得到好报。体现"泛爱众，而亲仁"精神的传说中，较为著名的有"公冶长识鸟语"一类的传说，以下是一则流传在河南桐柏地区的传说《公冶长救鹅》：

孔子的七十二贤弟子中，有个识鸟语的打柴郎，名叫公冶长。有一次，孔子带着弟子们出门，顺路去探访一个弟子。夜里，鹅笼里传来一阵阵的鹅叫声，孔子便问公冶长原因。公冶长向老师解释，这是一对鹅母子正在诀别：明天主人就要杀掉一只鹅来招待贵客，鹅儿子孝顺，想让自己被杀掉，鹅妈妈宁可自己被杀也要救儿子一命。孔子听了公冶长的解释后，不

公冶长画像

山东省安丘市公冶长书院内公冶祠

忍心吃掉这对母子中的任何一只，便特意嘱咐弟子不要杀鹅。因为是公冶长听懂了鸟语，又向孔子进言，鹅为了感谢他的救命之恩，在公冶长临行前，拔下身上的一根羽毛赠送给公冶长。这根羽毛后来便化成了公冶长背上的那把宝剑。

公冶长的传说在司马迁《史记》中已经有所记载，南朝梁皇侃《论语义疏》引了《论释》，详细记述了"公冶长懂鸟语"的传说。山东省的诸城市、安丘市等地至今都还流传着《路倒》、《偷羊》、《公冶长学鸟语》、《懂鸟语的传说》、《懂鸟语的孩子》等关于公冶长识鸟语的传说，内容大多都是讲公冶长为什么会鸟语、因为会鸟语而得到鸟类的帮助、公冶长如何教化民众等。这些传说一般都较为平实，没有太曲折的情

节，但却以奇特的"懂鸟语"母题，来表达对仁与义品德的赞扬，特别是人与鸟的对话、人与大自然的和谐共生的结局，表达了万物平等共生的思想，这既是儒家传统文化所宣扬的，也是民间普遍的仁爱众生情怀的彰显。

民间传说对于"义"的称颂，较为集中地体现在关公传说中。关羽是一位仁义忠勇的真英雄。大量表现关羽仁义忠勇的民间传说，有的为文人采纳，创作出优秀的小说，其中最为著名的情节包括刘备、关羽、张飞桃园三结义，关公单刀赴会等，有的被其他口头艺术，如评书和曲艺等吸收为题材加以展演。关羽的故事，在民间流传的同时，还经历了"历史记录——小说改编——戏曲改编"的过程，但这一过程中，始终有民间传说的影子，并且最终小说创作的

形象与民间流传的关羽形象融合在一起。

　　《三国志·关羽传》中并没有提到三人结为异姓兄弟，只讲述关羽逃亡到涿郡，刘备正在乡里聚合徒众，关羽和张飞便投到刘备门下。后来刘备为平原相，关羽和张飞分别为司马，统领部下，刘备和关张二人"寝则同床，恩若兄弟"等。史书中只提到二人受刘备恩深，以兄长事之，如关羽曾发出对刘备"誓以共死，不可背之"的誓言，其情是"若兄弟"，而不是结拜兄弟。但是在民间却流传着桃园三结义的传说，而元代的《三国志平话》和杂剧根据这些民间传说，加入了"桃园结义"的情节：

　　关羽杀了贪财好贿、酷害百姓的县令，一路逃亡，来到涿郡。途中关羽口渴难耐，四处找水喝。最后看到一家屠户门口有一口井，欲取井水解渴，但是井口却放着千斤重的石板。原来屠夫张飞怕猪肉经不住酷暑，便把肉浸在井中，因为要出门，又担心有人取走鲜肉，便凭一股蛮力将大石板压住井口。关羽却轻易地提起石板，取水解渴。

张飞回来后见到石板被动过，又听说关羽力大无穷，非常佩服，来到关羽住的客店寻访，恰好刘备卖履（草鞋）后也进了客店，三个人同桌共饮。几杯酒下肚，三人觉得彼此情投意合，便一同来到张飞庄子后面的桃园里，根据各自的生辰年月，排定大小，杀白马祭天，宰乌牛祭地，结为生死兄弟，发誓要同行同坐同眠，共同扶持汉室，不离不弃。从此，刘、关、张三人义行天下，成就伟业的故事传遍天下。

"桃园三结义"中，关羽因为好打抱不平，杀了贪财好贿、鱼肉百姓的县令。在北京等地流传的桃园三结义传说中，关羽和张飞二人不打不相识，两个大力士越打越猛，结果一路打来，很多街铺上的东西都被损坏，正在卖履的刘备看到无人敢劝架，便不顾众人的阻拦，一手拉住一个，这才将关张二人分开。正是因为刘备义气，三人才最终结为兄弟。此后，关羽义释曹操、单刀赴会、为护送皇嫂而千里走单骑等等传说都突出了关羽为兄弟之义，历经种种艰难而不惧的形象。

民间对于关羽的崇拜经久不衰，与关羽的忠义形象有着密切的关系。在中华大地上，普遍存在着关帝信仰。城市里，随时进入一家餐馆或者其他商业营运的小店，常常会在醒目或者背人处的墙上，设有一个神龛，供奉着手持青龙偃月刀的关公神像，关公作为武财神而在商户中得到较普遍的信仰。在广大农村地区，则有许多关帝庙香火旺盛，经历多次浩劫也依然为民众所信奉。在

徐正平、徐宏达绘《桃园结义》，上海人民美术出版社1994年版

《锦州市·义县志》中还记载了每年的五月十三日关帝出巡的习俗，在传说中，关羽就是在这一天单刀赴会。人们相信在这一天，关帝爷会有求必应。《四川南充地区·南充县志》也记载了"十三日'关圣会'，相传武圣关夫子是日过江饮宴"的"关公赴宴"传说。而在山东、山西等北方地区，还保存着一些志同道合的男性结拜盟兄弟、拜把兄弟的习俗。在这一习俗中，结拜的男子到关帝庙或者关帝像前歃血立誓，多会约定急难相助、有福同享等内容，而这些都是关羽传说中备受人称赞的"义气"。《礼记·曲礼上》有云："道德仁义，非礼不成。"而关羽信仰在中华大地的普遍流传，也都可见关羽传说中的仁义之举均以"礼"为约束，它们与忠孝文化一起，通过民间传说得以备受传颂。

智勇精神

智与勇是中国传统文化中肯定、赞扬与追求的另一种重要精神。儒家将"智"看成是实现最高道德原则"仁"的重要条件之一，即要"达德"，必须经过博学、审问、慎思、明辨、笃行等。在儒家的"五常"（仁义礼智信）之说中，智为其中之一。它也是佛教的宗教术语，且"智"与"慧"连用，用于指具有辨认事物、判断是非善恶的能力。而在民间传说中所呈现出来的对于智的理解，更偏重于认识事物、解决问题的才能，恰如"足智多谋"这个常用成语所具有的含义一样。

自古以来，人们对于智勇双全的人就给予了特别的尊重，这种尊重超越了根深蒂固的性别歧视，冲破了男权社会传统的藩篱，只要表现出这种勇敢的品德，有着出众的智慧，无论男女，都能得到人们的传颂。这一点，从晋代干宝《搜神记》卷十九载《李寄斩蛇》的传说即可窥一斑：

东越闽中有庸岭，高数十里，其西北隰中有大蛇，长七八丈，大十余围。土俗常惧。东冶都尉及属城长吏，多有死者。祭以牛羊，故不得祸。或与人梦，或下谕巫祝，欲得啖童女年十二三者。都尉、令、长并共患之。然气厉不息。共请求人家生婢子，兼有罪家女养之。至八月朝祭，送蛇穴口。蛇出，吞啮之。累年如此，已用九女。

尔时预复募索，未得其女。将乐县李诞，家有六女，无男。其小女名寄，应募欲行。父母不听。寄曰："父母无相，惟生六女，无有一男，虽有如无。女无缇萦济父母之功，既不能供养，徒费衣食，生无所益，不如早死。卖寄之身，可得少钱，以供父母，岂不善耶！"父母慈怜，终不听去。寄自潜行，不可禁止。

寄乃告请好剑及咋蛇犬。至八月朝，便诣庙中坐，怀剑将犬。先将数石米糍，用蜜麨灌之，以置穴口。蛇便出，头大如囷，目如二尺镜，闻糍香气，先啖食之。寄便放犬，犬就啮咋，寄从后斫得数创。疮痛急，蛇因踊出，至庭而死。寄入视穴，得其九女髑髅，悉举出，咤言曰："汝曹怯弱，为蛇所食，甚可哀愍！"于是寄乃缓步而归。

越王闻之，聘寄女为后，拜其父为将乐令，母及姊皆有赏赐。自是东冶无复妖邪之物。其歌谣至今存焉。

这一则传说中，女孩李寄凭着自己的机智和勇敢，不但逃脱了自身被蛇所噬的命运，还为乡郡除了一患。其中，李寄为了说服自己的父母同意自己卖身喂蛇，又强调自己是为了孝顺父母，以卖身所得之钱赡养父母，在父母不同意的情况下，悄悄出发，最终凭着自己的智慧，置办了好剑，以喷香的食物引蛇出洞，在猎狗的帮助下，斩杀了巨大无比的食人蟒蛇。而李寄在劝服父母时所提到的缇萦救父，也是一则至今仍然在流传的传说，讲的是孝顺的女儿如何以自己的机智和勇敢使父母亲免受肉刑，最后获得皇帝的赞赏。

以智勇精神而言，不仅仅是行军打仗需要智慧和勇气，更多的民间传说中，讲述的是如何面对生活中的难题，

徐渭书法

面对贫富不均、强权欺压等自古以来就存在的不公平。其中，又以历代著名文人的智斗传说流传最为广泛，并形成了一些独特的传说类型，如清官断案型的机智人物故事，往往讲述包拯、海瑞、施世伦等历史上著名的清官灵活巧妙地推断案情、扶弱惩强；文人助人型，往往以语言的机巧，令恶者受到嘲讽，尤其是以苏东坡、郑板桥、徐文长、纪晓岚等文人传说最多，这些人物往往有着同情弱小、情系百姓的情怀，并能以他们的聪明才智对抗、嘲讽权贵，既帮助他人，又保全自身。

徐渭（1521—1593，字文长，浙江绍兴人）的故事是这类传说的代表。民间文学研究者将徐文长的故事视为典型的"箭垛"式的人物传说。他是明代著名的文学家、书画家，工书法，长于行草，善绘画，特别擅长画花鸟，有《徐文长全集》、《徐文长佚稿》、《四声猿》等。徐文长为浙江人，在浙江流传着很多关于徐文长的笑话和传说。以下仅对在浙江山阴流传的《青天高一尺》作简单的介绍：

山阴知县高云要调升宁波知府。全县所有的土豪劣绅都来送行，送的礼有挂轴、彩旗、食品、金银，多不胜数。徐文长知道后，也送来一幅轴子，上面写了五个大字："青天高一尺"。高知县接到礼物高兴极了，因为徐文长是著名的书法家，这五个大字可为自己增了不少光。

到了告别宴那天，贺客盈门，高知县把徐文长赠送的字轴高高地挂在堂前，请来客欣赏，并得意洋洋地介绍："这是名家徐文长送给我的。你们看，写得多好！他称赞我比青天还高一尺，真是过誉，过誉啊！"有的人很气愤，徐文长竟然给这种人写字称赞，还有人特意去责问："徐先生，你怎么会给高知县捧场？要知道这人在山阴当知县，不知刮去这儿多少地皮！你怎么给他写'青天高一尺'这五个大字？"

徐文长听了哈哈大笑："正因为我们山阴县的地皮被他刮低了一尺，所以我才给他写上'青天高一尺'五个大字。"责问的人听了恍然大悟，也忍不住大笑起来。这话一传十，十传百，也就传到高知县的耳朵里，他才知道这是徐文长讽刺自己，面红耳赤地把高挂在堂前的这幅字取了下来。不过，从此以后，"刮地皮贪官高云"的名声却传遍了宁波城的街头巷尾，家喻户晓。

在肯定和赞扬正直的文人以手中的笔来智斗贪污腐败、强权豪绅的传说中，徐文长、郑板桥、吴承恩、曹雪芹等无疑是其中翘楚。

在赞扬智勇精神的传说中，以民间流传的各种三国人物的传说最为普遍，比如诸葛亮的传说、关羽的传说，等

诸葛孔明塑像

等。其中又尤以诸葛亮的传说最为广泛，在人们的日常生活表达中留下了深深的印迹，如俗语的"三个臭皮匠，顶个诸葛亮"、"诸葛亮用兵——神出鬼没"、"诸葛亮的锦囊——神机妙算"、"诸葛亮当军师——办法多"等，无不是民间对于诸葛亮智慧的肯定。有关诸葛亮的传说，早就流传在《三国演义》成书以前，以至有"诗圣"之称的唐代大诗人杜甫曾在多首诗歌中表达对于这位蜀相的钦佩之情，并在诗歌中留下了有关传说的缩影。如杜甫在《蜀相》中留下"三顾频烦天下计，两朝开济老臣心。出师未捷身先死，长使英雄泪满襟"的诗句，在《八阵图》中写道"功盖三分国，名成八阵图。江流石不转，遗恨失吞吴"，二诗分别记述了刘备三顾茅庐，请诸葛亮出山的传说和诸葛亮与八阵图的传说。

陈寿《三国志·诸葛亮传》中即记载：

亮性长于巧思，损益连弩、木牛流马，皆出其意，推演兵法，作八阵图，咸得其要云。

虽然八阵图并非诸葛亮首创，但它闻名天下，却与诸葛亮的智慧机巧分不开。鲁迅评价《三国演义》中的诸葛亮形象时有云"多智而近妖"，在民间传说中，人们却十分热衷于传说种种关于诸葛亮智慧的神奇来历。尤其是关于诸葛亮与从不离手的羽毛扇之间的神秘联系更是在民间传说中被人们津津乐道。其中多传诸葛亮的羽扇是一位神秘的老人（有的传说中是神仙，有的传说中是天上的白鹤）所传，以下是一则1987年在吉林大安采录的《诸葛亮的鹰翎宝扇》的传说，讲述了诸葛亮羽扇的神奇来历与他层出不穷的计谋之间的关系：

传说诸葛亮家中以卖酒为生。有个白胡子老头经常来这里喝酒，一天三顿，喝得差不多时，老头子就会讲一段兵书战策。老头儿讲完之后，临走还要打一壶酒拎回家。

当时诸葛亮才十四岁，一听老头儿讲就入迷，时间久了，就觉得老头儿来历不凡，对老人很是尊敬。一天，老人来喝酒，诸葛亮敬了他几杯，老人一高兴就多喝了几杯，不辞而别，还忘了打一壶酒。诸葛亮一看，马上灌了一壶酒，追着老头儿而去。这天刚巧下完雪，地上留着老人的脚印，诸葛亮就顺着脚印跟着老人走。结果翻山越岭，走了两个时辰，来到一棵大树下，脚印就此不见了。诸葛亮四处找也没有找到老人家，一抬头，瞧见树上一只昏昏大睡的老鹰。说来巧，诸葛亮一抬头，老鹰正张开嘴，吐出一颗通红通红的珠子，掉在了地上。诸葛亮好奇地捡起珠子，抬头对着太阳看，看着看着，手一滑，刚巧诸葛亮又张着嘴，结果那颗珠子掉进了嘴里，又滑进了肚子。

正在这时，老鹰醒了。原来，老头儿就是这老鹰变的。它求诸葛亮把珠子还给自己，可是诸葛亮为难地告诉它自己已经把珠子不小心吞进肚子了。老鹰一听，无可奈何，就吩咐诸葛亮："我在这儿修炼多年了，红珠子叫你得去了，也算你的造化，只是我死后，你要把我的翅膀翎毛拔下来做把扇子，永远带在身边。有了疑难之事，把耳朵凑到扇子跟前，它就会告诉你办法。"说完，

成都武侯祠

老鹰就死了。

诸葛亮听了老鹰的话，就真的拔下它的羽毛做了一柄扇子。后来，诸葛亮被刘备请去当了军师，每当遇到难事，就想起老鹰的话，摇一摇扇子，计策还真就上来了，所以三国纷争，他总是百战百胜。只有一次，因为把扇子忘在了家里，所以用了马谡去守街亭，最后街亭失守，才挥泪斩马谡。

民众对于智者总是充满了尊敬与想象，并将这种智慧的来历也赋予了神秘性，以此将之向更加令人崇拜的方向推进。在更多的民间传说中，讲述的都是诸葛亮如何在战争中以智慧机巧，以少胜多，以易化难，如在四川的宜宾地区流传着大量诸如"诸葛亮借一箭之地"、"诸葛亮空黄桶挑水吓夷人"的传说，都强调了诸葛亮的智巧：

在今天的宜宾一带，古时候是夷人（少数民族）居住的地方。诸葛亮为了安定这一带，巩固蜀国的后方，就亲自领兵南征，途中发现宜宾的山川地形很好，就想在这里驻兵扎营，可是又不愿分散兵力，攻打宜宾。最后，诸葛亮找到夷人的首领，商量想借"一箭之地"。夷人头领朴实厚道，以为一箭之地并无大碍，便同意了诸葛亮。结果诸葛亮安排一个人早早地将箭带到几百里之外的地方，将箭插在大山的崖壁上。结果，这边一箭射出去，那边派人寻箭的落点，已经在几百里之外，所以夷人只好搬迁至插箭大山之外居住。

在另一则传说中，也说到诸葛亮要以宜宾古城为据，但当时此地为夷人居住，蜀军与夷人隔着岷江对峙。诸葛亮决定不用武力而要智取宜宾。于是，他让少量的蜀兵一到天黑便赶着头角上挂灯笼的山羊群，从背着古城的另一面上山，翻过山顶再从古城看得到的前面下来，而后又绕道回到山后再上山、下山。结果，几个彻夜不停的绕行，让夷人以为蜀兵正在源源不断地从外地调来。白天，诸葛亮又挑选军中孔武有力的大汉挑着无底大黄桶，来往穿梭在岷江边，佯装挑水。这些大汉挑着空桶自然健步如飞，结果隔江观看的夷人大吃一惊，以为蜀兵都是这样力大无比的好汉，是"天神"降临，无法战胜。最后夷人就决定悄悄撤军远走。诸葛亮又是这样不动一兵一卒，用智慧以最小的付出获得了最大的胜利。

《三国演义》是一部忠义智勇的英雄颂歌。罗贯中把关羽塑造成一个忠义智勇兼备的英雄形象，这与民间对于关羽形象的塑造是一致的，甚至是互相渗透的。而在民间传说中，几乎都有与小说相对应的系列人物传说，这些传说中的诸葛亮以鞠躬尽瘁、死而后已的精神来忠于蜀汉、忠于刘备，以报知遇之恩。在大大小小的战争中，诸葛亮更是以无比机巧的智慧，以少胜多，以弱胜强，甚至兵不血刃地为蜀汉取得了一个又一个的胜利，而"空城计"等传说，则不但显示出诸葛亮的智慧，也以其"置之死地而后生"的勇气赢得后人的尊敬。对诸葛孔明的忠、义、仁、智等精神进行传颂的传说，甚至在包括傣族、彝族等在内的西南诸民族中广泛流传，用以解释民族的居住、种植、服饰等习俗和生活方式的形成原因。

中华民族传承几千年的文明，总有一股精神在其中支撑。民间传说中，既承载了那些记载在史册上的文化与精神，又在时间的长河中渐渐形成了对忠孝仁义智勇等精神的独特理解，并通过口耳相传的民间传说传达人们所领悟的这些文化精神。《孟子》有云："恻隐之心，仁也；羞恶之心，义也；恭敬之心，礼也；是非之心，智也。仁义礼智，非由外铄我也，我固有之也。"儒家传统文化从个人的内在修为来理解与宣传仁义礼智等品德，民间传说中的仁义、忠孝、智勇等文化精神既有与儒家传统的文化精神相通、相近的理解，又具有鲜明的"民间性"，推崇这些文化精神的传说中，主人公往往具有"非主流"的特征。忠孝为主的文化精神和道德规范主要将人们的社会生活规范于家庭伦理、家族道德和国家命运，而仁义精神则将人们的生活领域扩大到朋友、集体中。忠孝精神注重的血缘和身份属性与区别，在仁义精神中则扩展为一种平等的人文精神，具有人文关怀色彩，智勇则进一步展现出民族对于精神之"美"的要求，体现出来的是一种忧患意识，并且在忧患中积极寻求解决之道。

民间传说与爱情悲歌

孟姜女哭长城，千古绝唱谁人听。梁山伯祝英台，千古绝唱唱到今。

——《千古绝唱》，魏冠明作词，王超作曲

民间传说凝聚着劳动人民创造的最灿烂、绚丽的文化，它承载着人们对于生活的理解、对于未来的希望，其中当然也包含了对爱情的想象与期待。值得注意的是，中华大地流传着众多的爱情传说，虽然表达了对于爱情和婚姻、家庭的美好向往，以奇幻的情节、动人的形象感动了千百年来的人们，但又饱含着老百姓对于现实残酷的认知，对爱而不得之痛苦的深刻理解，所以，这些爱情传说常常是爱情悲歌。它们与文人笔下那些才子佳人的爱情故事中，对对佳偶历经磨难必定花好月圆的"大团圆"式爱情模式，形成了鲜明的对比。

在爱情传说中，广泛传播于中华大地，甚至流播海外的，是有着"四大传说"美名的《牛郎织女》、《孟姜女》、《白蛇传》和《梁山伯与祝英台》。它们虽然从时间和地域的起源上看各不相同，但都以爱情故事为主题，并以"爱而不得"的痛苦为结局，且大多历经了千年时间的洗礼，至今仍然以口头传说、戏曲影视、民歌小调、民间工艺等多种形式广泛流传。传说中的主人公，或者躬耕于乡野，在青山绿水之间期望平静而美满的男耕女织的生活，或者生活于市井繁华处，在一饮一食之间悉心经营着家庭与经济，又或者徜徉于书海里，追求一种知音之爱。他们代表了几千年来中华大地上无数青年男女在爱河中浮沉的热情、幸福、辛酸与抗争，并继续在时间的长河中为人们谱写新的乐章。

牛郎织女：农耕生活的爱情理想

或许你还记得在七月初七的夜晚，奶奶在豆棚下牵着你的小手让你静静聆听来自天上的星星那窃窃的私语，又或许你的家乡，人们到了七月初七，会搭起七彩的天棚和地棚，踩着动人的舞步，演上一出"牛郎织女"的戏剧。也许这一切你都不曾经历过，可是，你一定听过"夜静犹闻人笑语，到底人间欢乐多"那熟悉的曲调，这就是穿越了两千多年的时空，至今仍然盛行不衰的《牛郎织女》传说带来的悠悠韵味。

我们早就熟悉了《诗经·小雅·大东》中"维天有汉，监亦有光。跂彼织女，终日七襄。虽则七襄，不成报章。睆彼牵牛，不以服箱"的诗句，虽然这首诗，本是说那些身居高位的统治者不知恤民，不劳而获，但织女与牵牛二星已经朦胧地被联系在一起。随着时间的推移，到了汉朝，已经有了多种牛郎织女爱情传说的记录。明代著名文学家冯梦龙（1574—1646，字犹龙，明代文学家、戏曲家）曾搜集历代情感故事，分类编纂而成《情史》，在第十九卷"情疑"类，载"织女"条：

汉代画像石上的牛宿、女宿图

　　牵牛织女二星，隔河相望。至七夕，河影没，常数日复见。相传织女者，上帝之孙，勤织日夜不息。天帝哀之，使嫁牛郎。女乐之，遂罢织。帝怒，乃隔绝之：一居河东，一居河西。每年七月七夕，方许一会。会则乌鹊填桥而渡，故鹊毛至七夕尽脱，为成桥也。

　　牛郎织女的传说发展到明代，已经有了较为完整的故事情节：织女与牛郎都是天上的神仙，织女是天帝孙女，勤劳地日夜织布，天帝怜悯她的辛劳，便将她许配给牛郎，结果二人沉溺于美好的爱情，织女不再织布。天帝很生气，将二人分离在河的东西两边，一年只能在七月七日傍晚相见一次。每到此时，乌鹊为他们搭桥，所以这一天乌鹊的毛都会脱尽。在近五百年间，这一传说又与许多民间故事的情节，如与"兄弟分家"型民间故事和"天鹅姑娘"型故事相融合，成为更为曲折、丰富的民间传说。

　　近代著名作家叶圣陶先生将民间流传的传说进行了加工而再创作的《牛郎织女》，更是将这一则传说深深地播撒进人们的心田。这则传说从最初两颗星星之神的故事，演变成人与神之间的爱情故事，并最终与七月七

牛郎织女传说(中国华夏文化遗产网)

日"乞巧节"的民俗紧密地结合在一起,传说大致内容如下:

很久以前,有一家兄弟二人相依为命,可是哥哥娶了嫂嫂以后,在嫂嫂的怂恿之下,渐渐地开始嫌弃弟弟,最后终于与弟弟分了家。弟弟被赶出了家门,所得的唯一财产,便是一头已经老得不能再干重活的老黄牛。

弟弟带着老黄牛找到一块斜坡,搭了一间茅草屋,开荒种地,艰难度日。善良的弟弟很珍惜这头老黄牛,将它照顾得无微不至,渐渐地,人们就管弟弟叫"牛郎"了。有一天,老黄牛突然开口说话了,它让牛郎到一个湖边等候,到了傍晚时分,会有几只天鹅来湖中洗澡,那是天上王母娘娘的七个女儿,到时候,弟弟看中了哪一个仙女,就悄悄

藏好她的衣服,她就不能回到天庭了。

牛郎听了老黄牛的话,伏在湖边,果然等到了七只天鹅脱下羽衣,变成美丽的姑娘在湖中嬉戏。他看中了绿衣服的仙女,便藏起了她漂亮的羽衣。天黑的时候,六个仙女都穿上自己的羽衣飞回了天庭,只有绿衣仙女没有找到羽衣,在那里急得哭泣。牛郎拿出自己的衣服给小仙女遮体,并将小仙女带回了家。原来她是王母娘娘最小的女儿,名叫织女,天上的云彩都是她的巧手织出来的。

织女看到牛郎老实忠厚,家里却一贫如洗,很同情他,便答应与他一起生活。两人男耕女织,生活越过越好,过了一年,还生下一对漂亮的儿女。可是天上一日,人间一年,过了三天,王母

娘娘发现天空中的云彩不够了，织女却没有送来新的云彩，便追问小女儿的下落。王母娘娘得知她私自下凡与牛郎婚配，十分生气，派下天兵天将将织女捉回天庭。

织女被捉回天庭时，老黄牛正咽下最后一口气，它告诉牛郎，将自己的皮剥下来，可以披着去追赶织女。牛郎含着眼泪剥下牛皮，又用担子挑上一双儿女，追着织女向天庭一路飞去。眼看就要追到织女身边了，王母娘娘取下头上的银钗，在身后划下一条银河，宽宽的河水隔断了牛郎和织女。牛郎不甘心从此与织女分开，便带着儿女用瓢去舀水，发誓将银河舀干。织女也舍不得丈夫和儿女，一直伤心地哭泣，再也不能用心地织出美丽的彩霞。

王母娘娘没有办法，只好让喜鹊传话，同意让他们每七天在银河上相会一次。结果兴奋的喜鹊将这一命令传成"每年的七月初七在银河上会一面"。所以每到七月初七，热心的喜鹊为了弥补传话的失误，便飞到天上，为牛郎和织女在银河上搭起一座鹊桥，哪怕因此被

山东潍坊杨家埠年画《王母娘娘划天河》

踩尽羽毛也不吝惜。

河南南阳市、山西和顺县、山东沂源县、河北邢台市、江苏太仓市等诸多县市都认为当地是牛郎织女传说的发源地，其中，山西和顺、山东沂源的"牛郎织女传说"进入第二批国家级非物质文化遗产名录。这些地方的牛郎织女传说，都包含以下几个关键的故事情节：

1.牛郎在老黄牛的帮助下，娶了下凡洗澡的织女为妻；

2.织女生下了一双儿女；

3.织女因各种原因回到了天上；

4.牛郎身披老黄牛的皮，带着儿女追到天上，一条银河将织女隔开；

5.牛郎和织女每年的七月七日相会。

传说最后必然都解释了阻隔夫妻相会的银河因何而形成、七月七日乞巧节的来历等。《牛郎织女》的传说在很多地方还有很有意思的异文，这些异文不仅仅在中国境内的汉族流传，也在苗族、布依族等少数民族中流传，还传到了朝鲜、日本等亚洲国家。例如在朝鲜流传的《牛郎织女》传说这样讲述这个爱情故事：

天河东岸北端，有个公主，她爱上了南端的王子。二人幸福地生活结合了。但公主的父亲思念女儿，命令军队乘女婿睡着时抢回了公主。公主思念丈夫，日日哭泣，后来在睡梦中得到天使的指引，让他们在天河的中流会面。可是国王还是借助神秘的力量，将宫殿搬到了西岸，结果夫妻到了天河的中流，还是不能拥抱、握手，因为一个在东岸，一个在西岸。伤心的情人痛心地哭泣，他们的泪就成了大地上的雨。

在日本也流传着类似的传说，如冲绳奄美大岛的七夕传说是这样的：

一个男子拿走了天女的飞衣，天女只好嫁给了他。他们生儿育女后，天女找到了飞衣，飞回了天上。临走前，教给男子上天的办法，最后男子也去了天上。天女的父亲不愿有凡夫为婿，便出了许多难题，包括一天内开出千亩大山，一天内烧田耕地，一天内将这地全部种上冬瓜等等。男子在天女的帮助和指导下完成了前面的难题，但在最后一个难题上，因为没有遵守天女的禁忌，结果堆得像山一样高的冬瓜都竖着裂开，冒出滔滔大水，涨成了一条天河，夫妻二人被隔在河的两岸……

牛郎织女的传说，不分地域、民族和国家，都对青年男女男耕女织的幸福生活有着美好的向往，牛郎为了得到"老婆孩子热炕头"这一农耕文明最典型的幸福家庭模式，努力追求，在艰苦的独身生活中如此，在妻子

山东潍坊杨家埠年画《七月七》，展现七月七日牛郎带一双儿女，以乌鹊为桥，与织女相会

离开后也没有放弃。虽然传说的结局总是令人伤感，但正如宋代著名词人秦观那首《鹊桥仙》所吟咏的"金风玉露一相逢，便胜却人间无数"，对于家庭和爱人的坚贞，又成了七夕相会的另一个亮点。传说中，总会出现一个阻挠者，但那也预示了通往爱情和婚姻的道路，在事实上总会有风波阻隔，也许从这一点来看，这则传说具有传说之外的更加现实的和哲理的意味。

在一些地区流传的牛郎织女传说中，关于夫妻分离的原因，也有传说讲述织女的羽衣被牛郎藏起来了，不得不留在人间。后来生下了儿女后，牛郎防范得松一些了，有一天独自去地里劳动，嘱咐孩子不要告诉妈妈羽衣在哪儿，可是童言无忌，儿女被织女用巧言问出了羽衣的位置。织女找到羽衣，便重新披上，回到了天庭。牛郎回来后，担着儿女去追织女，最终被织女划下天河……这些传说中，牛郎用尽心思要获得凡俗世界里美满的家庭生活，而织女又个性鲜明地一心追求着自由，无论怎样的人间情爱也羁绊不了她回到娘家的脚步。有学者认为，这是母系社会向父系社会转变过程中，男子由随妻居而向"抢妻"转变，女性由"娶夫"而变为"嫁夫"，不甘心自身地位的失落，进行反抗，从而在民间传说中留下了文化转变的痕迹。也许，从世俗的、女性的心理来看，这一类的牛郎织女传说，也只是表达了一个不愿进入陌生家庭去为人妻、为人母，而更愿意"在家做女娇又娇，高桌吃饭要娘挑"，永远做父母翼下那受到呵护的"小公主"情怀罢了。无论作何解读，这些色彩斑斓的各种牛郎织女传说，都折射出了民间对于婚姻、爱情和家庭生活的理解，那就是爱的喜悦中总有着艰难的追寻，也会受到伤害，感到痛苦，无论这伤害来自何处，无论这痛苦如何持久，也无法阻止对于幸福、团圆追求的脚步。

孟姜女：平民之爱的忠贞与反抗

　　《孟姜女》讲述的已经不是农耕式的田园爱情和家庭理想，而是关于养在深闺的女子与征人役夫之间热烈、忠贞的爱情。如果说《牛郎织女》在近百年来的传播中，常常被人们用作反抗"父母之命，媒妁之言"的旧式婚姻，宣扬自由恋爱的新式精神，那么《孟姜女》更多地被人们视作反抗暴政、反抗徭役的悲壮诗篇。明代冯梦龙《情史》卷九"情幻"类记载"孟姜"故事：

　　秦孟姜，富人女也，赘范杞良。三日，夫赴长城之役，久而不归，为制寒衣送之。至长城，闻知夫已故，乃号天顿足，哭声震地。城崩，寻夫骸骨，多难认。啮指血滴之，入骨不可拭者，知其为夫骨。负之而归。至潼关，筋骨已竭，知不能还家，乃置骸岩下，坐于旁而死。潼关人重其节义，立像祀之。

　　故事与今天普遍流传的孟姜女传说稍有差异：孟姜是富人之女，丈夫范杞良为秦帝修长城而死，被埋骨城下。孟姜千里送寒衣，将长城哭崩，滴指血以认夫骨。最后，孟姜负夫骨还家，途中死去。这则《孟姜》已经具有非常典型的传说特征：故事情节完整，人物名称完整，故事发生的时代和地点完整，并记载潼关人为纪念她而立像祭拜。今天普遍流传在长城内外的孟姜女传说情节大体如下：

相传在很久以前，有一家姓孟的人家种了一棵南瓜，这株南瓜爬啊爬，最后伸到了隔壁姜姓人家的院墙上，开了一朵花，结了一个大大的南瓜。收获时，两家都说这个南瓜是自己家的，结果，南瓜裂开了，里面躺着一个可爱的小女娃。正好这两家人都没有孩子，最后决定，两家合为一家，推翻院墙，共同养育这个美丽的小女娃，取名就叫孟姜女。

孟姜女一天天长大，出落得美丽动人，每天都在家中的花园里玩耍。当时秦始皇修长城，到处在抓民夫，一个叫范喜良的小伙子为了不被抓走，碰巧逃进了孟姜女玩耍的花园，还帮助孟姜女捞回了掉在湖里的扇子。孟姜女因为被一个陌生的男子看见了，也喜欢这个帮了自己的小伙子，便决定嫁给他，于是两人就成了亲。

成亲的当晚，衙役就搜到了孟姜家，抓走范喜良，押送他去修长城。孟姜女天天在家中苦苦等待范喜良回家，一直从春天等到冬天。她担心丈夫在外受冻，便为他做好寒衣，不顾路途艰险，历经千辛万苦，万里寻夫送寒衣。

最后孟姜女终于寻到山海关，却只得到丈夫已经累死的消息，连丈夫的尸骨也已经被筑在长城下。

孟姜女悲痛欲绝，哭得昏天黑地，最后，八百里长城也因这哭声倒塌，露出了埋葬在长城之下的累累白骨。孟姜女发誓要寻回丈夫的尸骨回乡安葬，便滴血认骨，终于找到范喜良的尸骨。可是长城倒塌，惊动了监管，上报了皇帝。秦始皇听说孟姜女哭倒长城，便下令抓来孟姜女问罪。没有想到，秦始皇一见孟姜女，便为她的美貌惊呆了，不但不治她的罪，还要纳入宫中。

孟姜女眼看反抗无望，便提出要秦始皇满足她的三个条件：一是隆重安葬范喜良；二是秦始皇和百官为范喜良披麻戴孝；三是陪孟姜女游湖三天。秦始皇听到第二个条件之初，觉得为一个民夫披麻戴孝有失帝王威严；可是孟姜女坚持这个条件不能改，秦始皇急着早点得到孟姜女，便一一同意了这些条件。

孟姜女完成安葬和祭奠丈夫的心愿后，穿上提前准备的浸泡了盐水的衣服，趁游湖时跳进了太湖。秦始皇伸手拉她时，只得到一块腐朽的布片。据说现在太湖的银鱼就是孟姜女死后所变。也有的说孟姜女跳水后被龙王所救，成了龙女，并得到了龙宫宝物赶山鞭，她将秦始皇的江山用赶山鞭划得七零八落，才有了今天的武当山、太行山等等。也有的说孟姜女死后化为了一种蚊子一样的飞虫，螫死秦始皇，为范喜良报了仇。

孟姜女哭长城的传说在民间广为流传，很多地方都有这个传说的遗迹，如秦皇岛市山海关区城东6.5公里处的望夫石村北凤凰山小丘陵之巅，保留着1956年就被公布为河北省第一批重点文物保护单位的贞女祠，即孟姜女庙；河南新乡的孟姜女河、孟姜女路、孟姜女桥等；山东省淄博市淄川区淄河镇中被孟姜女哭塌的齐长城、蜿蜒悠长的淄河、世代传唱的《十哭长城》等。这些都是孟姜女传说在民间广泛传播的"证据"，其中淄博孟姜女传说入选第一批"国家级非物质文化遗产名录"的扩展名录。这些地区流传的孟姜女传说基本都包含了以下几个基本情节：哭夫、崩城、赴水等。从这几

秦皇岛孟姜女庙（原名贞女祠），据载建于宋，复修于明

个基本情节的内涵来看，孟姜女传说对于爱情忠贞的歌颂有多热烈，对于徭役暴政的愤恨与反抗就有多强烈。

历史文献中的孟姜女传说，比《牛郎织女》的相关文献更为丰富。研究者中以史学家顾颉刚先生（1893—1980，江苏吴县人，现代古史辨学派的创始人，中国历史地理学和民俗学的开创者）最为著名，他的《孟姜女故事研究》是中国传说学的研究经典，并以之为起点，形成了孟姜女传说和中国传说、故事与历史关系的一些研究方法和传统。

孟姜女传说的最早记录多被认为是《左传·襄公二十三年》中的"杞梁妻"故事，原本只是讲述了战死的齐国将领杞梁之妻，恪守礼节，拒绝齐侯在郊外吊唁，从而获得齐侯的尊重。后来在《礼记·檀弓》中，增加了杞梁妻"迎其柩于路而哭之哀"的"善哭"，这是孟姜女传说后来出现"倒城"这一情节的重要转变；再到《孟子·告子下》云其善哭而"变国俗"、汉代刘向《说苑》增加她"向城而哭，隅为之崩，城为之阤"；再到《列女传》，则有了"就其夫之尸于城下而哭之"、"十日而城为之崩"、"遂赴淄水而死"这三个基本情

节。在这些被视为正史和儒家经典的代表着中华传统文化中的官方文化的文献中，可以看到孟姜女传说如何一步一步丰满起来。而文人的吟唱，就更加充满了同情与鞭挞。如《古诗十九首》之五《西北有高楼》中慨叹："上有弦歌声，音响一何悲！谁能为此曲？无乃杞梁妻。"唐朝末年著名的诗僧贯休曾写过一首《杞梁妻》："秦之无道兮四海枯，筑长城兮遮北胡。筑人筑土一万里，杞梁贞妇啼呜呜。"用诗歌表达了对王者无道、生灵涂炭的上位者的痛恨与鞭挞，对悲歌当哭的杞梁妻最深的同情。

孟姜女传说也给后世留下了生者与死者之间沟通情感的民俗表达方式：寒衣节。在江浙一带的孟姜女传说中，孟姜女带着亲手制作的寒衣来到长城脚下，得到的却是丈夫被埋骨城下的噩

陕西长安嘴头东岳庙寒衣节民俗，图为道姑在医圣殿诵经（福客民俗网）

耗。她放声痛哭，哭塌长城，露出了无数的尸骨。正当孟姜女无法辨清范喜良时，一个老人告诉她，只要把寒衣烧掉，灰就会飞到丈夫的尸骨上。孟姜女烧掉寒衣，灰烬果真飞到了一具尸骨上，那就是范喜良的骨骸。在有的传说中，也有范喜良的灵魂托梦给孟姜女，教给她用烧寒衣的办法找到自己的骨骸。从此，就留下了用"烧寒衣"的习俗来祭奠死去的亲人，而不仅仅是丈夫。

这一习俗至今在北方和部分南方地区仍有流传：每年的农历十月初一前后，近两年甚至多年前有亡者的人家，都会在天黑之后，到亡者的坟头烧许多的纸钱，有的还烧用纸折的衣物等等，称之为"送寒衣"。虽然许多传统习俗被移风易俗地改变，火葬习俗逐渐取代了土葬，但"寒衣节"并没有随之而消失，在农村地区如此，一些都市仍然还承袭着这一节日传统，如天津等北方城市，每到这一时节的"前三后四"（十月初一的前后七天里），各个社区都有专门的焚烧点，或者市民用自发做成的焚烧祭祀用具，在社区、十字交叉路口等地，焚烧纸衣纸钱，祭奠去世的亲人。

白蛇传：市民爱情的坚守与失落

民间有句俗语云："十年修得同船渡，百年修得共枕眠。"同船渡与共枕眠的缘分中，最为人所知的，莫过于白素贞与许仙西湖借伞、同船共渡的浪漫和白素贞千年报恩、夫妻相随的《白蛇传》传说了。

四大传说中，《白蛇传》可能是最为曲折的，同时也是唯一一部在许多地方的异文中不约而同地被"安上了一个团圆的尾巴"的传说：

相传，在西湖边上有一条小白蛇被一群孩子捉住戏弄，一个少年可怜它，买下放生。这条蛇修炼五百年，成为有法力的白蛇精。一年元宵节，白蛇在西湖桥下等待奇遇。桥上吕洞宾正将一个小汤圆以大汤圆的价格卖给一位少年，这少年吃后却无福消受，吐了出来，恰巧为白蛇所食。因为汤圆是仙家所有，所以白蛇食后又增添了五百年的仙力。

白蛇欲得道成仙，必须先要报恩。为了报答救命和增长法力的恩情，白蛇化身白衣女子白素贞，在西湖附近寻找恩人，结识青蛇精，二人结伴而行。

清明时节，白素贞与小青终于在西湖边上找到了恩人的转世，原来，两次施恩者都是一个人的不同转世，即给父母扫墓的许仙。白素贞对许仙既要报恩，又一见钟情于他的少年清俊，于是施展法术，呼风唤雨，找到了与许仙同船共渡的机会。下船时，白素贞以借伞为由，给许仙留下了住址。

许仙也喜欢上白素贞的美貌、娴静，并在往白素贞住处取伞之时，与白素贞结为百年之好。许仙因父母双亡，投靠在姐姐、姐夫门下，靠在药店当学徒为生。白素贞便赠银与他，为他分忧解难。不想，这银却是被盗的库银，许

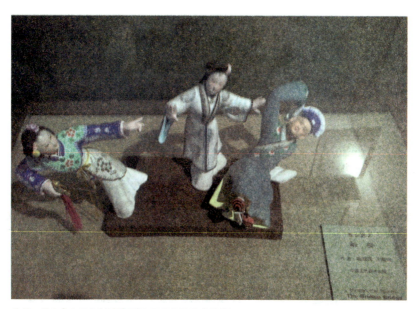

民间工艺品惠山泥人《断桥》（镇江民间文化艺术馆藏）

仙回到姐姐家中，因库银之事被捕，发配镇江。

白素贞带着小青一路追至镇江，向许仙解释官银由来，并在镇江帮助许仙开了一间药店。由于许仙为人厚道，白娘子又有仙术，夫妻合力为老百姓治疫驱病，所以药店名声大振，生意兴隆。二人相亲相爱，日子过得十分幸福。

镇江金山寺里有位住持叫法海，他原本是个修行千年的癞蛤蟆，五百年前曾经与白蛇一同在西湖桥下等吕洞宾的那颗汤圆，不过最后汤圆由白蛇所食，所以它一直在伺机报复白蛇。为了拆散白素贞的家庭，法海和尚乘许仙来金山寺许愿之际，唆使他在端午节时让白娘子饮下雄黄酒。

许仙不知其中缘故，果真在端午节时让白娘子多喝雄黄酒驱邪。白娘子不忍心拒绝丈夫的好心，又仗着自

西湖雷峰塔

已有千余年的法力，饮下雄黄酒，结果酒力发作，现出巨大的白蟒蛇形，将许仙吓死。

白素贞酒醒后，看到许仙已死，痛苦欲绝，不顾自己身怀六甲，为许仙点亮招魂灯，请小青看守他的魂魄，只身飞往昆仑山，向南极仙翁求取仙草来救许仙性命。不想遇到守山的天敌仙鹤童子，他认定白娘子得到的千年灵芝是偷盗而来，差点将白蛇啄食而死，幸亏南极仙翁派人及时赶到，放了白蛇，最后才救了许仙一命。

许仙醒后，又不顾白素贞的阻拦，前往金山寺烧香还愿，结果被法海和尚扣留在寺，并不断劝说他与蛇精妻子断绝关系。白素贞见丈夫久不归家，便带着小青前往金山寺，请求法海放回许仙。但她俩屡次请求都被拒绝，白素贞一怒之下，带着虾兵蟹将，施展法术，水漫金山，与法海和尚展开恶战。结果白娘子因有孕在身，仓皇落败，与小青一起回到西湖。

许仙被关在金山寺内，不肯听从法海的安排出家为僧，又趁法海与白娘子斗法之际逃出寺来，回家不见娘子与小青，便也回到杭州。许仙行到西湖断桥时，正逢白娘子疼痛难忍，即将分娩。小青恨许仙屡屡听信和尚谗言，不顾夫妻情分，使白娘子受苦受累，金山寺一战，白娘子又几乎丧命。她再见到许仙，提剑便刺这"负心人"，吓得许仙胆战心惊，亏得白娘子及时拦下。许仙发誓再不听法海胡言乱语，他们方才和好如初。三人转回到杭州，寄住在许仙姐姐家，并喜得麟儿许仕林。许仕林满月之日，家中正庆贺欢喜，法海却带着紫金钵，收走白素贞，压在雷峰塔下。

《白蛇传》的传说在民间流传了至少已经近千年，宋代话本（话本常常被视为说书艺人讲故事用的"底本"，现今流传下来的话本，常被作为古代小说进行研究，并多为当时非常流行的故事）中的《西湖三塔记》，就记载了西湖三塔下镇压的三个妖精的故事。到了明代，冯梦龙将流传在民间的"蛇妻"故事与西湖名胜雷峰塔结合，写定《白娘子永镇雷峰塔》，其中的基本情节，包括西湖借伞、赠银获罪、水漫金山寺、雷峰塔镇妖等，成为了今天流传在各地的《白蛇传》传说的核心情节。清代的说书艺人、文人雅士纷纷对流传在民间的《白蛇传》传说进行改编、汇集和再创作，其中雍正乾隆年间黄图珌的《雷峰塔传奇》、嘉庆年间玉花堂主人的《雷峰塔奇传》、陈士奇与俞秀山校阅的《义妖传》等诸多《白蛇传》的文学创作普遍流传。而在近现代的口头创作中，几乎只要有汉族人生活的地方，就能听到《白蛇传》的传说。这些传说都基本具备以下几个关键的情节：

白蛇变为美女，与凡男结婚。

蛇女喝了雄黄酒变为原形，吓死丈夫，又采药救活他。

法海和尚用紫金钵收服蛇女，镇压在雷峰塔下。

白娘子在最早的唐代传说中，只不过是一个身穿白衣、美貌害人的蛇妖，最后被人们按熏蛇出洞的方法致

镇江金山寺公园正门（李丽丹摄）

死，后来历经明清两代，在文人作品中留下的痕迹，也非常鲜明地保留了蛇妖害人，必须借助佛道力量收服的思想。明清以来的《白蛇传》，无论是话本、戏曲还是宝卷或长篇通俗小说，大都以悲剧结尾，民间流传的也多如此。但是也还有另一种异文，包括清代方成培的《雷峰塔传奇》等等，这样传说白素贞被压雷峰塔后的故事：

小青为救出白娘子，再度进山修炼。许仙万念俱灰，入寺为白素贞修行，留下许仕林由姑母扶养长大。许仕林十八岁时中了状元，并得到皇帝敕令，来到雷峰塔下救母。正逢小青学艺归来，再战法海，结果法海不敌小青，逃进了螃蟹的肚脐，被小青用咒语定在里面，再也出不来。白素贞出塔，母子团聚，最后与许仙双双成仙。

包括中国台湾20世纪90年代拍摄的电视剧《新白娘子传奇》也采用了许仙与白娘子在儿子许仕林和小青的努力下，团圆成仙作为结局。从这些情节的增加、结局的改变，可以看到，白娘子从最初动辄食人、狠毒自私、美色祸人的蛇妖形象，已经演变成贤惠、善良、执着、勇敢、无畏等具有中华民族传统女性美德的蛇仙形象。人们不愿意这样

一个有着传统中国女性美德、又敢爱敢恨、勇敢追求爱情与婚姻幸福的女子，最后落得被压塔底的悲惨命运，因而不断地改变白娘子的最终命运，才成了今日多数人所见到的"团圆式"结局的《白蛇传》。

《白蛇传》的渐变过程，始终是民间与文人的互动，也正因为这样，它渐渐成为中国四大传说流传方式最多样化、传播区域最为广泛、影响最深远的一则传说。法国、英国等欧洲国家很早就有了《白蛇传》的介绍或译本，而日本、韩国、越南等亚洲国家，则不但有改编自《白娘子永镇雷峰塔》的小说《蛇性之淫》、故事片《白夫人的妖恋》和动画片《白蛇传》，还有歌舞伎、本土民间口头传说等。《白蛇传》传说中最动人的情节，曾经被多次改编，如《金山寺》、《断桥》、《雷峰塔》等，即老百姓称为"金·断·雷"的京剧经典片段。《白蛇传》中白素贞与许仙的初识之地西湖、再会之地西湖断桥、白素贞为许仙而大战法海和尚的江苏镇江金山寺等都是国内著名的旅游景点。传说中，见证白娘子生死相随、为爱而不惜牺牲自己的"端午饮酒"等情节，也在与民俗节日端午节的互动中得到广泛的

传播。

梁山伯与祝英台：读书人的爱情梦幻

　　四大传说中，《牛郎织女》讲述的是人仙之恋，《白蛇传》讲述的是人妖之恋，《孟姜女》中，范喜良死后也曾有鬼魂与孟姜女梦中相会，只有《梁山伯与祝英台》与现实生活的联系最为密切，讲述了人间男女至死不渝的爱情故事。与前三则传说相比较，梁祝传说的文献记载出现得较晚，虽然也有学者认为六朝时期就已经有此传说的萌芽。贺学君（女，1945—　，浙江宁波人，中国社会科学院文学研究所研究员，民俗学者）在《中国四大传说》中考证梁祝传说，以为"从历史材料来看，《梁山伯与祝英台》这个传说可能生成于东晋时期，其最早的文字记载见于初唐梁载言的《十道四蕃志》，很简单；后至晚唐张读的《宣室志》又有进一步记述……"贺学君转载的张读《义妇冢》传说中，包括祝英台女扮男装求学、梁山伯求娶失败、祝英台出嫁途中入山伯墓殉情等梁祝传说的核心情节。后世流传的梁祝传说中最为经典的化蝶情节，则有东晋干宝《搜神记》中的"韩凭夫妇"记载：相恋的夫妻殉情而死后，"宿昔之间，便有大梓木生于二冢之端，旬日而大盈抱。屈体相就，根交于下，枝错于上。又有鸳鸯雌雄各一，恒栖树上，晨夕不去，交颈悲鸣，音声感人。宋人哀之，遂号其木曰相思树。相思之名，起于此也。南人谓此禽即韩凭夫妇之精魂。今睢阳有韩凭城。其歌谣至今犹存"。情贞而不得相守的爱人死后化而为树、为鸟，也见于《孔雀东南飞》等著名的民间叙事长诗之中。冯梦龙在《情史》卷十"情灵"类的"祝英台"条中，较完整地保存了《宁波志》中的祝英台化蝶的故事：

梁山伯、祝英台，皆东晋人。梁家会稽，祝家上虞，尝同学。祝衔归，梁后过上虞寻访之，始知为女。归乃告父母，欲娶之，而祝已许马氏子矣。梁怅然若有所失。后三年，梁为鄞令，病且死，遗言葬清道山下。又明年，祝适马氏，过其处，风涛大作，舟不能进。祝乃造梁冢，失声哀恸。地忽裂，祝投而死。马氏闻其事于朝，丞相谢安请封为义妇。和帝时，梁复显灵异效劳，封为义忠，有事立端于鄞云。见《宁波志》。

可见，传至明代，基本情节主要是二人为同学（祝英台女扮男装）、爱情受挫、梁山伯死、祝英台于婚嫁日亦神奇地投入梁墓而死。冯梦龙还对吴地的相关习俗进行记录："吴中有花蝴蝶，橘蠹所化。妇孺呼黄色者为梁山伯，黑色者为祝英台。俗传祝死后，其家就梁冢焚衣，衣于火中化成二蝶。盖好事者为之也。"可见当地吴中地区梁祝传说已经形成了称呼蝶名的风俗。

至今在全国各地和各个民族中流传的梁祝传说中，其故事情节简介如下：

从前，有个祝家庄里的祝员外，生下一个女儿祝英台，十分聪慧伶俐，又好学勤奋。她爱好诗文，不愿意过早地被父母择偶出嫁，希望能像男孩子一样出外求学，便央求父母允许她女扮男装，出门求学。父母为她定下诸多规矩，祝英台都一一应承，最后终于求得父母同意，并以三年为

2006年上映的中国台湾版动画片《梁山伯与祝英台》

期，同意学成后归来成亲。

在去杭州书院的途中，祝英台遇见到同一书院求学的梁山伯，二人相谈甚欢，便结拜为兄弟。祝梁二人从此同窗共读。三年中，梁山伯处处保护、关心"祝贤弟"，始终未察觉祝英台是女儿身。三年期约已到，祝英台按约回家，梁山伯一路相送十八里。一路上，祝英台连用多个比喻暗示梁山伯自己的女儿身份，希望能与他结百年之好。可惜忠厚憨实的梁山伯始终未能理解她的真意。最后，祝英台只好约请梁山伯归家之后，速速来祝家庄向自己家提亲，自己家中有同胞九妹，品貌与己极为相似，愿意许配山伯为妻。梁山伯闻言十分欣喜，许约而别。

梁山伯回到书院，继续读书，且因家中贫困，未能及时履行速速提亲的诺言。而祝父则已经答应县令马家的提亲，不日就要将祝英台嫁往马家。等到梁山伯来到祝家庄，见到身着女儿装的"祝贤弟"，又得知因自己迟迟未来提亲，英台已被父亲许嫁马家，梁山伯悔恨交加，回家后一病不起。临死前，他嘱咐家人将自己埋在祝英台嫁往马家庄的途中路旁。

英台出嫁当日，在喜服内穿上白色素服，并要求花轿经过山伯墓时停轿，自己下轿祭扫后才嫁马家。当她全身素装来到山伯墓前时，一声"梁兄"，摧人心肝，一时之间风雨大作，天昏地暗。电闪雷鸣之中，墓开坟裂，祝英台纵身一跃，投入墓穴。众人阻拦不及，只扯到一片碎裙角，霎时间，坟墓又合拢如旧，雨过天晴，墓地上，郁郁青草间只剩下两只双栖双飞的彩蝶。人们传说，这便是生不能守，死要同葬的梁山伯与祝英台所化。

梁祝传说在中华大地上流传十分广泛，据《梁祝文化大观》统计，以梁祝传说中的二人读书之处、二人分别的相送之处、二人合葬的坟墓等来解释风景名胜的地方非常多，仅声称有梁祝墓的就大概有10处，包括浙江宁波鄞县高桥、江苏宜兴碧鲜庵、安徽舒城梅心驿、河北河间林镇、江苏江都、山东嘉祥、山东微山马坡、河南汝南马乡、甘肃清水、重庆合川等地，几乎遍布大江南北。而声称祝英台女扮男装的"梁祝读书处"有6处，分布在浙江杭州万松岭、江苏宜兴善卷洞、山东曲阜、山东邹县峄山、重庆合川、河南汝南红罗山等。梁祝传说也是四大传说中在汉族以外的其他民族中影响最大、传播最为广泛的，白族、布依族、水族等民族均有自己的梁祝传说。这些传说基本保留如下核心情节：

1. 祝英台女扮男装出门求学。

2. 祝英台以暗语表达对梁山伯的爱慕但失败了。

3. 梁山伯死后，祝英台也殉情跳入墓中而亡。

至今，民间仍然还流传多种梁祝经典的民歌唱调，如"柳荫结拜"、"书馆谈心"、"十八相送"、"思兄"、"楼台会"等，尤其是许多地方戏曲，更是详细讲唱梁祝传说中的很多细节，如仅"英台求学"这一情节，便被演绎为伪装游学、与嫂嫂盟誓、草桥结拜、十八相送、英台巧饰女儿身等多个细节；由"合葬"情节生发了被嫁马氏、劝婚骂媒、楼台会、吊孝哭灵、祭坟、化蝶等诸多故事。

梁祝传说的多样化表现形态中，越剧彩色电影《梁山伯与祝英台》和《梁山伯与祝英台小提琴协奏曲》最为突出，并产生了巨大影响。1954年5月，越剧《梁祝哀史》被改编成新中国第一部彩色戏曲电影《梁山伯与祝英台》。周恩来总理率中国政府代表团参

1954年，袁雪芬、范瑞娟主演新中国第一部彩色戏曲影片《梁山伯与祝英台》剧照

加日内瓦国际会议时，为了让与会代表和新闻记者了解中国悠久的传统文化和新中国成立后的新气象，选择这部电影作为文化交流的重要题材，并在请人观影的请柬上写下："请你欣赏一部彩色歌剧电影——中国的《罗密欧与朱丽叶》"。结果观影的很多人流下感动的热泪，一位美国记者甚至认为这部电影比莎士比亚的《罗密欧与朱丽叶》更感人。随着时光的流逝，这部彩色电影可能很少进入半个多世纪之后的年轻人眼中，但一首以这部电影为基础的乐曲，却仍旧在广泛流传，丝毫不因时代的变迁而"落伍"，那便是《梁山伯与祝英台小提琴协奏曲》。

这首乐曲是1958年由上海音乐学院在读学生何占豪和陈钢以越剧《梁山伯与祝英台》为基础创作的小提琴和钢琴协奏曲，是中国传统文化与西方传统文化的完美结合。乐曲从1980年开始在悉尼歌剧院演出后，得到很好的反响，先后在世界各国演出达到万余场次，其中日本最优秀的小提琴演奏家西崎崇子演奏的《梁祝》曾4次获得香港金唱片奖，录制的这一乐曲

陈勤建主编：《东方的罗密欧与朱丽叶——梁祝口头遗产文化空间》，黑龙江人民出版社2005年版

的唱片在亚洲地区销售超过三百万张。这首乐曲还是中国第一颗探月卫星嫦娥一号30首太空播放曲目之一。而从20世纪90年代以来，著名导演徐克、演员濮存昕等人都曾导演、出演过梁祝电影，2004年台湾制作的梁祝动画也曾轰动一时，以梁祝为基本情节改编的电影与电视剧更多。

梁祝传说对于地域文化的影响十分深刻，并形成了一定的民风民俗。在浙江省宁波市鄞州区的梁祝文化公园内，至今还有梁山伯庙，当地又名为"义忠王庙"和"梁圣君庙"，春秋两季都有梁山伯庙会。相传在宁波一带，流传着"若要夫妻同到老，梁山伯庙到一到"的说法。如果相爱的青年男女想结为夫妻，但又遇到阻碍，只要悄悄地到梁山伯庙拜一拜，就能称心如意、姻缘美满。今天的梁山伯庙，除了可以祈求婚姻，甚至成了事无巨细，万事皆灵的神庙。据说朝拜梁山伯庙墓的男女只要带一把墓上的黄土回去，大者可保家宅平安，小者能防治蟑螂、蚂蚁等等。江苏宜兴是梁祝传说的另一个"传说圈"，在这里，人们把农历三月初一定为"双蝶节"，传说这一天是祝英台生日。每年的这一段时间，人们都会到传说中西晋时期祝英台的读书处碧鲜庵（又称碧鲜岩碑，"碧鲜庵"三个字为唐朝凤翔节度使李镌所

江苏宜兴碧鲜庵

浙江省宁波市郑州区梁祝文化公园

书）游玩。

　　四大传说是中华民族传统文化的产物，有的穿越了几千年的时空，传说中的那些坚强美丽的女子的身影仍然在我们的生活中时时闪现。细细品味这四大传说，会发现一个很有趣的现象，那就是这些传说基本都以女性为中心，男子的形象往往面目不清、模糊难辨，有时甚至懦弱难堪。牛郎与梁山伯是传说中较为明确和坚定地追求心中理想对象的男性形象，但也仅止于在老牛的忠告下，牛郎追赶着妻子离开的脚步，又或者在"爱而不得"的现实中，梁山伯式地消极抵抗，唯死而已。所以在今天，一首通俗流行歌《如果我是梁山伯》会如此吟唱：

　　　　如果我是梁山伯，一定放过祝英台，让她和别人去相爱，生个漂亮的小孩。

如果我是梁山伯，一定把爱藏起来，在故事开始前离开，我一个人去伤怀。

四大传说中最模糊不清的男主人公是范喜良，他在一次偶然中娶得美妻，又在强权压制下离开家门，最后惨死被埋，唯一能显露出性格特征的，便是敢于逃避征夫徭役，却又最终失败。而最受人诟病的男主人公便是许仙，他贪恋美色，又耳根子软，极易受到法海的挑唆，同时也很容易相信白娘子的真情告白而左右摇摆。这些男性中，没有英雄式人物；具有"英雄"特质的，恰恰是那些女性，她们敢于追求自己想要的生活，冲破世俗的教条，或者女扮男装去求学，或者千里迢迢送寒衣，又或者敢于为了家的团圆，冒死与"正义"的代表去斗争。

中国传统文化以男子为社会、国家乃至历史的中心，所以在正史乃至诸多文人创作的文学作品中，从来不缺乏男性的声音与男性的英雄，他们正义、勇敢、执着，但却缺少爱的柔情与对家的眷恋。或许正因为如此，民间的文学中，会呈现出男性的另一面，会胆怯，会柔弱，会无助，会依赖。而在民间生活中，民众的智慧和生活经验已经知觉到女性虽然不直接参与政治变迁、军国大事，却是婚姻与家庭生活中的"半边天"，一个完美幸福的家庭，必须有一位相称的女性为之追求和付出。所以，在民间传说中，女性对于爱情与婚姻，总是异常大胆与主动，又特别执着与贞烈，富于献身精神，为了追求自由与幸福，不屈不挠地斗争着，甚至不惜牺牲生命。而这些，正是"生命诚可贵，爱情价更高"的民间阐释。

民间传说与宗教信仰

MINJIAN CHUANSHUO YU ZONGJIAO
XINYANG

鞋儿破，帽儿破，身上的袈裟破。你笑我，他笑我，一把扇儿破。

　　——《鞋儿破，帽儿破》，电视剧《济公》主题曲，张弋作词

　　民间传说遍及人们文化生活的各个领域，它通俗易懂、故事性强，有较为固定的表达模式，常常被用于传达人们对生活的深层理解。中国是一个宗教信仰较为驳杂的多民族国家，既有历史悠久、土生土长的道教，又有传自异域的世界三大宗教（基督教、伊斯兰教和佛教），还有大量丰富的民间信仰（对某种精神观念或一些有形物体的祭拜、信仰）。民间传说中有大量宗教人物、宗教建筑、宗教习俗的传说，民众自发地运用传说来记录宗教人物的故事，解释宗教信仰的来源与作用，是宗教信仰的重要载体，对宗教信仰在民间的传播，尤其是在不识字或者识字能力不强的民众间的传播有重要作用。在许多地区保存的各种寺庙，如土地庙、龙王

庙、观音庙、天皇宫等等，都供奉着各种宗教人物，关于这些庙宇本身和其中供奉的人物，流传着不少传说。而在一些少数民族地区，如壮族、侗族、蒙古族等，在家中设有神龛，或者供奉祖先，或者供奉火神等，这些被供奉的对象，多有自己的故事，主要讲述他们对于人们的庇佑，使人们愈加相信其神迹，从而更加虔诚地崇拜和信仰。

民间传说与道教信仰

道教是中国的民族宗教，它起源于上古的鬼神崇拜，以传说中的黄帝和春秋时期的老子为发端，至今已经有1800多年的历史。道教所追求的"道"，以神仙信仰为核心内容，以内外修炼（内练气，外炼丹）为途径，以长生和得道成仙为目标，追求天人合一、自然和谐等。它是民间宗教，又曾经在一些朝代被帝王们尊崇为国教，且形成了较为系统的神仙体系，几乎每个神仙都有自己的神话传说，加之历代道士选择名山胜境，营造宫观，吸引徒众来开展宗教活动，故而又留下了大量关于道教建筑的民间传说。鲁迅先生认为"中国根柢全在道教"，诚然如此。

中华民族的历史文化土壤中，道教对人们生活的各个领域都曾产生过巨大的影响。道教具有强烈的包容精神。在诸多道教神灵中，有历史上真实存在的人物，如道教始祖老子、盐业祖师葛洪、药王孙思邈等，也有来自其他宗教信仰的人物，如从观音菩萨演变而来的慈航道人，也有来自民间信仰的人物，如土地爷、灶王爷，甚至还有来自文学作品的一些神灵，如关公、柳毅等。在民间广为流传的道教神仙的人物传说中，以八仙传说、张天师传说、土地爷与灶王爷的传说、财神爷的传说等最为有名。

　　道教神仙中有"上八洞"、"中八洞"、"下八洞"之说。"上八洞"神仙是东方朔、长眉大仙李长庚、云梦山王禅老祖、王敖、金眼毛遂、白猿、杨二郎、李太白。"中八洞"神仙是铁拐李、汉钟离（钟离权）、吕洞宾、张果老、曹国舅、何仙姑、蓝采和、韩湘子。"下八洞"的神仙是罗祖、张骞、鲁班、刘伶、杜康、和合二仙、刘海。民间传说和民间俗语中最普遍的是关于"中八洞"神仙的故事。"八仙过海，各显神通"、"狗咬吕洞宾——不识好人心"、"寿星卖了张果老——倚老卖老"、"张果老骑驴——倒着走"、"铁拐李的葫芦——不知卖的啥药"等广为人知的成语和歇后语均涉及"中八洞"的八仙人物。因此，"八仙"传说，主要是指的这八位神仙的传说。2008年，山东蓬莱以"八仙传说"申报国家级非物质文化遗产并获得批准。但八仙传说的流传地区十分广泛，以下这则20世纪80年代金涛搜集整

《八仙过海》连环画，中国旅游出版社1983年版

理的《八仙闹海》传说主要在浙江地区传播：

东海的渔民有个忌讳：驶船出海时，船上不准坐七男一女，怕在大洋里出事。为什么会有这个忌讳？据老渔民讲，原来与八仙过海有关。

有一天，吕洞宾约了倒骑毛驴的张果老、手提花篮的蓝采和、横吹洞箫的韩湘子和独脚大仙铁拐李等一行八人，过东海蓬莱。吕洞宾喜欢出奇新巧，提出要乘船过海，观赏海景。他用铁拐李的拐杖变成大龙船，八仙登上龙船，欢欢喜喜地游海赏景。

吕纯阳又提出要各人表演歌舞雅乐助兴，结果曹国舅打响七巧板、韩湘子吹箫、张果老敲凤阳鼓、何仙姑和蓝采和唱曲、吕纯阳舞剑、汉钟离摇着蒲扇、铁拐李捧着葫芦，一时之间，仙乐阵阵，仙歌飘舞，东海龙宫都被惊动了。

龙宫里有条花鳞恶龙，是东海龙王的第七个儿子，称为"花龙太子"。这一天，他正闲得没事儿，在水晶宫外游荡，突然听到海面上的仙乐仙歌，循声而去，看到大龙船上一众人正在宴乐，其中有个妙龄少女美丽无比。花龙太子一下子就被吸引得神魂颠倒。为了得到

何仙姑，他施展法力，大海一时掀起了大浪，原本平静的海面也突然裂开一个大口，毫无防备的八仙和龙船全都沉下海去。

其他七仙狼狈地施展本领都逃出来了，只有何仙姑不见踪影。汉钟离掐指一算，原来是花龙太子拦路抢亲，把何仙姑抢到龙宫去了。七仙大动肝火，施展仙术，带着各自的法宝，杀气腾腾地直奔龙宫。

花龙太子早就料到会有一场恶斗，已经在半路上带着虾兵蟹将准备迎战了。这一场好战，打得是海水沸腾，东海万顷波涛不住地翻起巨浪，最后花龙太子敌不过七仙，只好向自己的父亲东海龙王求救。

龙王可没有花龙太子糊涂，听了这事儿，把花龙太子痛骂一顿，连忙送出何仙姑。为了不让八仙告上天庭，龙王对八仙是好话说了一千遍，可是八仙始终不肯罢休，一定要讨个公道。最后，龙王只好请南极仙翁出面讲和，八仙看在南极仙翁的分儿上，才将一场风波平息下来。

从此，八仙再也没有兴趣去游蓬莱岛了，而花龙太子在八仙面前吃了个大败仗，又没有如愿抢到何仙姑，从此便

怀恨在心，只要见到有七男一女同船出海，便要兴风作浪来泄愤。所以民间就有了"七男一女不同船"的忌讳。

关于行车坐船的禁忌有很多，比如司机吃鱼时，忌将鱼直接翻面，以避讳"翻车"；在黑龙江的许多地方，过河时会喊一声"有山东人在船上"，据说这样会得到传说中来自山东的黑龙（一条秃尾巴龙，在传说中打败作恶的白龙）的保佑等等。这则八仙传说与地方风俗禁忌联系起来，也有一些八仙传说，演变成其他民间文艺的形式，如在湖北兴山的民间歌谣中，就有八仙过海的内容，歌曲内容十分生动活泼：

青花八仙瓶，明嘉靖（1522—1566）年间制，国家博物馆藏（李丽丹摄）

> 八仙过海东游记，各显神通真有趣。
> 汉钟离酒醉腾云起，手执拐杖铁拐李，
> 韩湘子吹横笛，张果老倒骑驴，
> 吕洞宾驾雾腾云起，何仙姑笑嘻嘻，
> 采和也把花篮提，曹国舅云牙板落在东海底。
> 谁知龙王真无理，将那云板来捡起。
> 八仙火从心头起，火葫芦丢海底，
> 海底烧得灰尘起，惊得龙王无言语，
> 交还宝贝又还礼。

无论是"上八洞"还是"下八洞"，其中的神仙多是历史上真实存在的人物，这是道教神仙信仰的一个重要特征，即信仰的对象虽然多是神仙，然而这些神仙多是经人修炼而成。仅以"中八洞"的部分"八仙"人物而言，张果老是初盛唐时的道术之士张果；铁拐李是隋唐时人，曾学道终南山；汉钟离原名钟离权，一传为东汉时人，一说是《全唐诗》中录有其诗的唐时人；吕洞宾被考证为唐朝人，二十年科举不第，后来纵游天下。韩湘子在历史上也实有其人，《唐书·宰相世系表》、《酉阳杂俎》、《太平广记》、《仙传拾遗》等书都有关于他的介绍，据称他是唐朝著名文学家韩愈的侄孙，历史上韩愈确有一个叫韩湘的侄孙，并且曾经官至大理丞。韩愈曾有《左迁至蓝关示侄孙湘》一诗：

> 一封朝奏九重天，
> 夕贬潮阳路八千。
> 欲为圣朝除弊事，
> 肯将衰朽惜残年！
> 云横秦岭家何在？
> 雪拥蓝关马不前。
> 知汝远来应有意，
> 好收吾骨瘴江边。

唐代段成式的《酉阳杂俎》中就载有韩湘子以道家仙术劝告韩愈的传说。八仙中关于吕洞宾的传说最多，他是全真派道教所奉的"纯阳祖师"，俗称"吕祖"，是八仙形成的核心人物，各地道观，尤其全真道观对他的祭祀最多。

唐宋以来的《太平广记》、《夷坚志》、《历代神仙通鉴》、《列仙全传》等记载了较为丰富的八仙传说，有许多至今仍然还在民间广泛流传，八仙传说多种多样，对于道教的宣扬起到了不可低估的作用。八仙传说几乎包括道教的神仙传说中的重要主题，如对于修仙学道的宣扬、道教神仙能为民除害和赐福禳灾、劝告众生"与人为善"、"善恶有报"等。

修仙学道的《吕洞宾修仙》、《张果老倒骑毛驴》等传说中，八仙不同的修道成仙方式无疑会增加民间对于修道成仙的渴望，他们富有情趣的凡俗经历和家庭生活又会让听者感到八仙的可亲可近。《吕洞宾智保济南府》讲述火神爷要烧掉济南府一万家百姓以泄私愤，吕洞宾通风报信才保全了百姓和济南府。《张果老巧计救苏杭》中，张果老为救百姓而让自己的神驴喝下了玉帝派风公、雨伯发来的四海之水。《吕洞宾烤柏灵火的由来》中，吕洞宾为保护天下百姓，令大伙于正月十五这天家家烤柏灵火，玉帝误以为自己要火烧世界的命令得到了执行，从而留下了每年正月十五烤柏灵火的风俗等等。大量八仙兴利除害，赐福消灾的传说将民间习俗与八仙信仰结合起来，无疑对八仙信仰的传播

起到了重要作用。此外，民间还流传着大量八仙变化成凡人劝善惩恶、指点人生的传说，无疑也是道教八仙信仰的一种传播途径。

八仙信仰中多以追求得道成仙、逍遥人间为主，而道教在民间还有一个重要的功能，就是能够降妖除魔，镇宅安民，祈福禳灾。在许多地方都有白喜事请道士，家中有疑难杂症而久治不愈的病人，便请道士作法等习俗。在日常生活中，因为对于财富、长寿等的祈望，而去敬拜财神、寿星等。这实际上是道教文化中的神仙信仰在中国人日常生活中的"习惯和宗教的信仰"。关于这些道教人物，也有着非常丰富的传说，其中的张天师斩妖除魔传说、许真君斩蛟龙传说、张三丰首创武当拳的传说以及茅山道士的传说等等，都在各地广泛流传。为道教信仰的传播起到了积极的作用。

民间传说与佛教信仰

佛教是世界三大宗教之一，其创立至今已经有近三千年的历史，在东汉明帝时期，经由丝绸之路传到我国，经过历代僧人的不断推广和历代帝王的参与、民间的吸收，与中国的儒家文化和本土道教相融合，最终成为具有中华文化特色的佛教信仰。历史悠久的佛教除了在汉族地区有着较多的信众，还在一些少数民族地区广泛传播，如藏族、蒙古族、珞巴族、门巴族、土族、裕固族信仰藏传佛教（也称为"喇嘛教"），傣族、布朗族、德昂族等信仰小乘佛教。

佛教对中国的文化产生过重要的影响，至今在全国还有一万多座佛教寺庙，广受人们的供奉与朝拜。"苦海无边，回头是岸"、"和尚打伞——无法（发）无天"、"泥菩萨过河——自身难保"、"救人一命胜造七级浮屠"、"色即是空，空即是色"等人们熟知的谚语、俗语等，都是佛教信仰"润物无声"的结果，尽管很多人可能并未将之与佛教文化直接联系在一起。与道教重现实、求长生、向往和追求神仙世界的宗教精神不同，佛教着重于宣扬人对于现世生活的忍耐，劝告人们忍受苦难、放弃各种欲望、禁止恶行、寄希望于来世、追求超脱生死轮回的"苦海"，以期进入无苦的极乐世界。

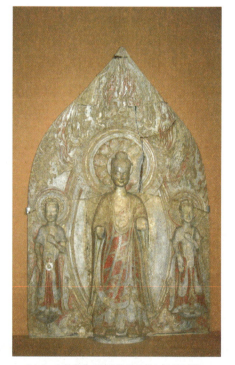

12世纪铜观音立像，国家博物馆藏（李丽丹摄）

佛教的前世今生说，至今仍然在人们文化生活的各个领域有一定的影响。佛教传至中国，有着独特的"偶像崇拜"方式，即为佛教人物塑身立庙，加以膜拜，因此，佛教的人物传说、庙宇等风物传说众多。在民间流传的许多佛教人物的传说中，济公传说、观音传说、释迦牟尼传说、弥勒佛传说、燃灯佛传说、文殊菩萨传说、目连传说等最为普遍。山西五台山、浙江普陀山、四川峨眉山、安徽九华山等都是有名的佛教圣地，素来有"金五台、银普陀、铜峨眉、铁九华"之称，这些地方分别供奉文殊菩萨、观音菩萨、普贤菩萨、地藏菩萨等，历史悠久，流传下很多菩萨显圣、庙宇来历的传说。

　　佛教人物传说，有的来自佛教发源地印度，有的则是中国的历史人物，前者如释迦牟尼传说、观世音菩萨传说，后者如济颠和尚传说。民间流传大量的观音传说，据《法华经·普门品》（亦称《观音经》）记载，观世音菩萨有三十三化现。《楞严经》中则说观音有三十二应身，大多都为度化慈济人天各界有情众生而化现的菩萨形象。在民间朝拜最多的则是杨柳观音、鱼篮观音、洒水观音等。在佛教寺庙供奉的诸多观音像中，以手持净瓶和柳枝的"杨柳观音"为标准像。据说观音手中的柳枝遍洒甘露法水，令众生了悟菩提，代表着慈悲为怀，普洒佛法，但后来民众多以为那是掌握天气晴雨的法宝，于是每逢旱天便纷纷向观世音求雨，并兼而向之祈求去病禳灾、生子得福等等。另一种在寺庙中常受供奉的观音像为"千手观音"。关于千手观音的传说，《搜神记》中即有记录：

妙庄王有三女，长妙音，次妙缘，三妙善。妙善即观音大士。王令赘婿不从，逐之御花园，居之白雀寺，苦以搬运，极所不堪，旁役鬼力代之。王怒，命焚白雀寺，寺僧俱毁于焰，大士无恙如初。命斩之，刀三折；命缢以白练，忽黑风遮天，一白虎背之去。至尸多林，青衣童侍立，遂历地府，过奈河桥，救诸苦难。还魂再至尸多林，遇一耆硕，指香山修行。后，庄王病急，剜目断臂救之。尔时道成，空中现千手眼，故曰：南无大慈大悲救苦救难灵感观世音菩萨。

故事中妙庄王的小女儿因不服从父王安排的婚姻而被逼居佛教寺庙，有神奇的能力，能差遣鬼力服役。妙庄王不合常理地三次要置小公主于死地，火烧、刀斩、绳缢，但三公主不但无恙，还能游历地府。最后不但不怨恨父王，在父王病重时，又献出自己的手眼为父治病。最后终于成为千

18世纪鎏金铜千手千眼观音菩萨立像，国家博物馆藏（李丽丹摄）

手千眼的观世音菩萨。以上记录的千手观音传说，至今仍然广为流传，其中所记白雀庵，位于河北省南和县白佛村，始建于北周时期，庵院坐北朝南，庙内供奉千手千眼观音，香火旺盛，特别是农历四月初四、九月二十五的两个庙会，香客遍及河北、山西、河南等省，会期15天左右。1988年9月，河北省佛教协会将其定为"河北省南白雀庵女道场"。可见这一佛教传说流传的生命力极其旺盛，且在此后流传的千手观音来历的传说，多保留了其中的主要情节：

1. 观音原本是妙庄王的第三个女儿。
2. 观音违背父命，不肯嫁人，居住于佛教寺庙。
3. 妙庄王病重，观音剜目断臂救父。
4. 观音成为千手千眼的模像。

后来，元代著名画家赵孟頫之妻管道升（世称为"管夫人"）撰《观音大士传》中记载了关于千手千眼观音的传说，其大体内容如下：

观音生于西土，是兴林国国王妙庄王的第三个女儿，人称"三皇姑"。女儿们将要及笄时，妙庄王为她们择婿，长女与次女都顺从父王的心意出嫁，三公主却不愿听从父王的安排，所以被妙庄王赶走，出家在白雀庵为尼，称为"香山仙长"。后来妙庄王病重濒死，有老僧传话，除非是至亲骨肉的手和眼才能为王治愈。妙庄王便叫来长女和次女，问她们是否愿意将手和眼献给父王治病，结果二人都不愿意。老僧又指出第三个女儿或许愿意。于是妙庄王就派使臣向已经出家的女儿求药，结果香山仙长自断手臂，自挖眼睛。妙庄王服药后果然痊愈了，于是心生悔恨，去见女儿。看到女儿无手无眼，妙庄王跪求天地让女儿能"全手全眼"，结果因为心情激动，说成了"千手千眼"。不一会儿，香山仙长就长出了千手千眼。香山仙长所居香火因此特别旺盛，并被人们称为千手观音。

2005年春节联欢晚会上，聋哑残疾人表演了精美绝伦的舞蹈《千手观音》，感动了几亿中国观众，家喻户晓，更在海内外引起巨大轰动，传达了"只要心中有善，有爱，你就愿意伸出一千只手去帮助别人，而也会有一千只帮助的手伸向你"的主题，这也无疑与千手观音传说所宣扬的佛教义理有相通之处。

此外，鱼篮观音的传说也广为流传。鱼篮观音，民间又俗称为马郎妇观音，是三十三观音之一。关于她的来历，传说如下：

相传在唐代宪宗元和十二年（817年），观音菩萨为感化酷爱骑射的陕右人，变成一位绝世美女，手提鱼篮，沿街卖鱼，并要求人们买鱼放生，结果很多男子来买，并竞相要娶她为妻。观音菩萨告知众人，自己也想找称心如意的郎君，但求亲的人太多，无从取舍，所以才再出难题来进行考验，如果谁能够通过考验，就嫁给谁，考题便是背诵佛法典籍。

第一日，观音菩萨拿出《妙法莲华经》中的《普门品》，约定一晚能背者，就可娶自己为妻。结果第二天有二十多人都背熟了。观音菩萨又增加了另一个背诵难题：一夜之间背会《金刚经》。结果第二日，仍然有十多个人会背。观音菩萨便又拿出七卷《法华经》，约定三日后若有人能够背诵，就嫁给此人。三日后，只有一位姓马的少年能够背诵全部《法华经》，观音菩萨便答应了这位少年的求婚。

观音菩萨与马郎成亲当日便死去，并且尸体开始腐烂，新郎只好将她埋葬。多日后，一位老僧人来到马家，以锡杖掘开坟墓，棺内并没有新娘的尸首，只有一副锁子骨。老僧人这才告诉众人，这是观音菩萨怜悯陕右人

张大千《鱼篮观音》

杀戮众多，特地以这种方式教化众人。从此，陕右一带开始有很多佛教的信众。因为观音降临时，以手提鱼篮的美女形象出现，故而被称为"鱼篮观音"，又因为曾嫁给马氏为妻，所以又被称为"马郎妇观音"。

观音传说的主题多为历难和救难两类，这也是佛教人物传说的重要主题。

另一位在民间颇受欢迎的佛教人物为济公，关于他的传说也流传广泛。济公在历史上实有其人，原名李修缘（1130—1209），天台永宁村人，出身于富贵之家，少年时在村北赤城山瑞霞洞读书，受到释教和道教的熏染。他先是进国清寺拜法空一本为师，接着又参访祇园寺道清、观音寺道净，最后投奔杭州灵隐寺，在高僧瞎堂慧远的门下，受具足戒，取名"道济"。南宋高僧释居简《湖隐方圆叟舍利铭》和释如净《赞济颠》均载有其事。道济是一位学问渊博、行善积德的得道高僧，被列为禅宗第五十祖，杨岐派第

1985年版电视剧《济公》剧照

六祖，撰有《镌峰语录》10卷，还有很多诗作，主要收录在《净慈寺志》、《台山梵响》中。《净慈寺志》记载他的俗称"济颠"的来历：

> 道济，字湖隐，天台李茂春子，母王氏，梦吞日光而生，绍兴十八年十二月初八日也。年十八，就灵隐瞎堂远落发。风狂嗜酒肉，浮沉市井，或与群儿呼洞猿，翻筋斗，游戏而已。寺众讦之，瞎云："佛门广大，岂不容一颠僧？"遂不敢摈，自是人称济颠。

这一记载已经有较鲜明的英雄传说的特点：济颠身份不凡，是其母梦吞日光而生；济颠长大后有不同常人的经历，少年落发，不守清规戒律却得到高

僧护佑。无论是历史记录中的济颠，还是民间传说中的济公，都懂医术，为百姓治愈了不少疑难杂症，好打抱不平，息人之争，救人之命，既有宗教性，又有民间英雄的特征。

济公传说主要的流传地在济公出生地浙江天台和修行地杭州灵隐寺，但清代文人郭小亭所作的长篇神魔小说《济公全传》问世后，济公的故事在民间广为流传。尤其是1985年推出的电视连续剧《济公》在全国有着巨大的影响，主题曲中的"鞋儿破，帽儿破，身上的袈裟破；你笑我，他笑我，一把扇儿破……"等歌词几乎家喻户晓，这也推动了济公传说在全国各地的流传。2006年，浙江天台县申报的《济公传说》入选国家级非物质文化遗产名录。

济公传说主要有降龙罗汉投胎的济公神奇出生传说，济公癫狂济世、惩恶扬善、扶危济困、戏佞降魔的传说等，这些传说中很多还与地方风物相联系，解释一些风景名胜的由来。如杭州灵隐寺前有块刻满罗汉像的大

石，叫飞来峰。传说它是从峨眉山飞来的：

一天，庙里的济颠和尚溜达时，看见西天有块乌云，仔细一看是飞来的山峰，眼看就要落到灵隐寺旁，会把附近一座村庄压在底下。济颠非常着急，告诉村民快走。村里正在办喜事，没人相信他的话。他灵机一动，背起新娘就往村外跑。全村人见了都去追，就在快追上时，听得背后一声巨响，飞来的山峰砸在小村庄，原先的村子消失了。全村人这才明白：济颠为救他们才故意抢走新娘。为防止山峰再飞走害人，济颠和尚又带领村人在山上凿了五百个罗汉，将其镇住，并将这山峰称为飞来峰。

据文献记载，飞来峰的得名与东晋时期的一个印度和尚有关。他看见这座奇伟不凡的山峰后，感慨道："此是天竺灵鹫山之小岭，不知何年飞来。"而民众在解释其由来时，则是以飞来峰的外在特征为基础，借助想象将虚拟的情节黏附在当地的历史人物济颠身上。这种将人物传说与风物传说结合在一起的情形，也发生在其他一些有济颠和尚塑像的地方。1980年采录于北京香山吕文元老人（时年57岁）的《济公为什么蹲在梁上》中，将香山景点与济公扶危救困的传说联系在一起：

在香山碧云寺罗汉堂排位的那一天，济公和尚倒是早早地来到碧云寺，来的时候，门都没有开。他四下转悠时，来到一个小村口儿，见到一个姑娘慌慌张张地跑到他面前求救。原来是马员外家的二公子追着她要成亲。济公将姑娘拉到路旁的小茅屋里，正巧看到一只麻雀落在窗户上，济公便将麻雀兜在他的破帽子里，摇着小芭蕉扇出去了。

马二公子追到济公这儿问路时，济公告诉他，自己是小姑娘没有瞧见，神鸟倒是瞧见了。贪财的马二公子便用三十两银子换了"神鸟"。济公让他拿好"神鸟"别放跑了，结果马二公子接过"神鸟"时，一扬破帽头，麻雀就飞走了，济公连声让马二公子去追"神鸟"。

济公帮姑娘躲过了一难，又送她回家，并把从马二公子那里得来的银子也给了姑娘。可是因为这件事，等到济公回到碧云寺时，所有的罗汉座位都排满了，济公找了好几圈也没有找到地儿，最后只好听堂里管事儿的，找了地方凑合凑合，于是选了梁头。从此后，济公就住在了罗汉堂的房梁上。后来，因为那地方太窄，住着太难受，济公就请木匠师傅照他的样子做了个木头罗汉钉在房梁上算占地儿。所以现在到了碧云寺

罗汉堂，还能看见济公和尚坐在房梁上。

此外，关于济公的传说中，还有《卖狗肉》、《斗蟋蟀》等经典，也都反映了济公在民间广受欢迎是因为他帮助弱小、仗义行善。周恩来总理这样看待济公在民间受到欢迎的原因："人民很喜欢济公，因为他关心人，为不公平的事打抱不平，在民间流传着许多关于济公的美丽传说。"济公传说体现了佛教的禅宗思想和罗汉信仰，又反映了民间对于好打抱不平、救人性命等英雄行为的期待，以及对扶危济困、除暴安良、彰善罚恶等种种美德的赞扬。800多年来，济公传说不断进入文学与艺术创作的其他领域，戏曲、书画、雕塑、影视等常以之为题材，京剧、平剧、皮影戏、歌仔戏以及不断翻拍的济公影视剧都较多地运用了全国各地流传的济公传说。

无论是观音传说、济公传说，还是其他一些佛教人物、佛教风物传说，都以浓郁的世俗情味，一方面表

明民间对于高深佛法理解的简化，另一方面也以更加通俗化的方式传播了佛教信仰。

民间传说与其他民间信仰

　　道教与佛教是中国信众较多的宗教，基督教、伊斯兰教等宗教也在一些民族中广有流传，并有相应的传说传承下来。宗教故事与民族本身固有的神话传说相融合，变成带有浓郁的宗教色彩的宗教传说，如基督教的耶稣诞生的传说等。此外，民间传说中还有大量的神灵传说并不能简单地归入到佛、道等宗教系统中去，这些被崇信的神灵并不属于那些有着较成熟教义的宗教系统，而是地方性或民族性民俗信仰的产物。

　　民俗信仰往往具有地域性，主要与当地的节令习俗等相结合，在长期的历史发展过程中，产生较为系统的神灵崇拜观念、行为和相应的仪式制度。这些信仰所崇拜的对象，既包括某些超自然力量的对象，如山川河流，所谓山有山神、水有水神、河有河神、湖有湖神，甚至在相信万事万物皆有灵魂的民俗信仰中，物久成精，所以各种动物和植物也会成为神灵精怪。民俗信仰中，也包括祖先崇拜而形成的祖先神以及其他承载老百姓对于生活顺遂的期望而加以崇信的生育神、吉祥神、行业神等。

　　民间信仰中的诸多神灵与民间传说的关系，较之道教、佛教等宗教信仰中的神灵系统与民间传说的关系更加密切。以行业神的民间信仰为例，自古以来，便有"三百六十行，行行出状元"之说，流传至今的行业神非常多，最为人熟知的木匠、造酒、医药、农业、牧业、戏曲等均有始祖神，且这些行业始祖往往即是传说中的行业神。以下举农神和猎神这两个最为古老的民间信仰中的相关传说为例。

中国是一个农业大国，在工业化和现代文明发达的今天，农业也占有不可替代的地位。在长期发展的农业文明中，农神信仰具有非常重要的地位。农业之神在各个民族中不一样，即便是同一个民族，农神也有多个。汉族最主要的农神信仰是神农，即农业之神。他被视为最初的采集之神，在《淮南子·修务训》中就已经记下"神农尝百草之滋味，一日而遇七十毒"的传说，而"神农尝百草"的传说，在后世逐渐丰富，神农也逐渐演变成医药之神。《搜神记》中记载"神农以赭鞭鞭百草，尽知其平毒寒温之性，臭味所主，以播百谷"；《易·系辞》中也载有神农氏以木为耒耜，教天下百姓耕种的传说。

在传说中，神农亲尝百草，得到五谷和草药，又用树木制造出耕作的工具，同时还发明了兴修水利辅助农业的方法，他对于农业的兴起和发展

神农雕塑。位于晋城泽州县山河镇狄河村与河南省焦作沁阳市西万镇云台村交界处的神农山风景区。传说这里曾是炎帝神农耕百谷、尝百草、登坛祭天的圣地（朱琳佳摄于2011年农历七月）

有着巨大的贡献。很多民族都有祭祀神农的习俗。如汉族民众将神农视为三皇五帝中的炎帝，有多处以"神农"为名的山水、祭坛，如湖北神农架、山西晋城泽州县神农山等都是有名的祭祀之地。在神农山，人们还流传着"一拜神农，生意兴隆、五谷丰登；二拜神农，百病全消、平安一生；三拜神农，官运亨通、心想事成"等顺口溜，可现在民间信仰中，神农不只是农神，还具有更普遍的职责，即保平安、送财运、得吉祥等等。

狩猎生活是中华大地上很多民族的生存方式。在狩猎过程中，往往会遇到一些凶猛的野兽，有着不可预知的危险，也可能会一无所获。种种不可预知的因素，也催生了狩猎民族的猎神信仰。猎神信仰在各个地区、不同民族之间都各有不同，如在鄂伦春族的猎神传说中，猎神是一位小伙子死后变成的。他很有志气地要爬到天上去，结果历经苦难，终于在巨鹿的帮助下摸到天边，高兴得大叫，巨鹿以为他已经到了天上，就移动了鹿角，结果小伙子摔下来死了。后来小伙子就变成了猎神，人们在草原和山岭打猎时都要祭祀猎神，以求丰收。

珞巴族人信仰的猎神叫阿宾肯日。传说中，他是阿巴西达尼的后代，是一位狩猎能手。最初，他和同伴只会用木棍和石块打猎。他感到用这种办法打野猪、狗熊等大型动物很费劲，还常有被野兽吃掉的危险。于是，他走遍珞渝地区，到处寻找制伏野兽的办法。后来，在老鼠、啄木鸟和猴子的帮助下，他发明了弓和箭。他把弓箭送给了人们，大家再也不怕野兽了。此外，阿宾肯日还发明了毒药和制作毒箭等狩猎工具和技巧。

满族流传着《鄂多哩玛发》的神话传说，即讲述了满族人中信仰的猎神鄂多哩玛发的来历。鄂多哩玛发是天神的弟子鄂多哩，他坐在呼尔哈河上漂来的一只柳枝筏子上，专门下凡教育人制伏野兽，将年轻人组织起来练射箭、练飞刀，还组成了一百人的飞刀队。接着，老人用了三个计策使熊、野猪、狼上钩，并将它们全部制伏。所以满族人至今仍然保留着生下一个男孩，就在门上挂一支小弓箭的习俗，这一仪式就是希望孩子在猎神的保佑下健康成长为一个好猎手。

民间传说以神奇的幻想、曲折的情节、简朴的道理，传递丰富复杂的信仰，这些民间传说有的是宗教信仰者为吸引教众、传播信仰而利用上古神话人物、功业卓著的名人传说等编造而成，如西王母神话被改编为王母娘娘，巫山神女成为云华夫人，关公、岳飞等名人及相关传说被道教充分吸收利用并被编造出其神迹传说，有的甚至进入地方志书、宗教典籍。虽然有的宗教信仰传说也有看破红尘、消极忍受等负面主题，但大多传说都具有积极的意义，它们都是民众自发创造、传播，能够为人们的精神带来一定安慰、以民众喜闻乐见的方式来传达宗教信仰的义理。民间传说投射了弥漫于农耕社会的种种民间信仰和精神制约，其中既有庄严者，也有敬畏者，甚至也不乏轻慢者或戏谑者。无论民众在传讲这些传说时，是抱着什么心态，都涵盖了浓郁的乡土意识，有他们对人生模式的设想、对社会和人生的解释。

民间传说的流传和演变

MINJIAN CHUANSHUO DE LIUCHUAN
HE YANBIAN

西湖美景三月天，春雨如酒柳如烟。

有缘千里来相会，无缘对面手难牵。

十年修得同船渡，百年修得共枕眠。

——《渡情》，电视剧《新白娘子传奇》片尾曲，
贡敏作词

民间传说，必然是在你传我说的流传和演变中不断地延续着生命。"传承性"与"变异性"是这一民间文学体裁的基本特征，正是在传承与变异中，民间传说不断地茁壮成长。民间传说的流传和演变在时间和空间这两个维度上同时发生，讲述同一个历史人物的传说，在某一个时代的某个地域是如此，在同一时代的另一个地域则是那般。在同一个地域的不同时代，同一个历史人物的传说也是渐次发生变化的。顾颉刚先生对孟姜女传说的研究跨越千年历史，从《左传》到今天在南北中华大地，长城内外流传的各种孟姜女传说的异文，充分地证明了民间传说在流传和演变中旺盛的生命力。

西施浣纱,《西施传说》,中国美术学苑出版社2006年版

在无以计数的中国民间传说中,前面已经介绍了闻名海内外的"四大传说",除此之外,还有一些传说虽然未与四大传说并提,但在历史的悠久、传播的广泛、影响的深远等方面并不亚于它们,如花木兰传说、八仙传说、包公传说、关公传说等等。细数在历次"中国国家级非物质文化遗产名录"中的民间传说,《白蛇传传说》、《梁祝传说》、《孟姜女传说》、《董永传说》、《西施传说》、《济公传说》(以上为第一批名录中的部分民间传说);《八达岭长城传说》、《永定河传说》、《杨家将传说》、《尧的传说》、《牛郎织女传说》、《西湖传说》、《刘伯温传说》、《黄大仙传说》、《八仙传说》、《秃尾巴老李的传说》、《屈原传说》、《王昭君传说》、《炎帝神农传说》、《木兰传说》(以上为第二批名录中的民间传说);《天坛传说》、《曹雪芹传说》、《契丹始祖传说》、《白马拖缰传说》、《舜的传说》、《禹的传说》、《防风传说》、《盘瓠传说》、《庄子传说》、《柳毅传说》、《禅宗祖师传说》、《布袋和尚传说》、《钱王传说》、《苏东坡传说》、《王羲之传说》、《李时珍传说》、《蔡伦造纸传说》、《牡丹传说》、

《泰山传说》、《黄鹤楼传说》、《烂柯山传说》、《珞巴族始祖传说》、《阿尼玛卿雪山传说》（以上为第三批名录中的部分民间传说）等等，无不和"四大传说"在流传和演变中有着相似之处，其中最重要的相似之处，便是这些传说都是有着相同的命运：在历史的长河中不断地经受时间的洗礼，从最小的一个情节，有时是一个人物的名字，有时是一小段故事，不断地吸纳和选择，最终成为一个巨大的传说群。

这些传说都有着一些共性，其中最鲜明的特征包括：第一，传说从萌芽到成型，再到成为传播广泛的成熟传说，一般都有近千年的历史，少则也有三五百年的历史，历史越悠久，传说融合的内容越丰富；第二，历史记录与民间传说相互交错；第三，口耳相传、文人的加工整理、戏曲表演等相互影响；第四，在当代仍然以多种形态鲜活地存在于民间叙事，并影响着民间叙事。总体而言，民间传说的流传与演变恰如滚动的雪球，刚开始只是一个小小的点，不断地在前后左右的翻滚中，将四周有用的雪花黏附其上，渐渐地、渐渐地变成了一个大大的雪球，其间又或者不断有堆雪的人跑过来去粗取精、去旧存新、添枝加叶、披袍戴冠，以至于最后，从那最小的一个点，变成了一个吸引人的雪人。最初的传说核，便是雪球形成之初的小点，无数个知名或不知名的人，不断增添或者删减传说的情节与内容，最后才形成今日所见所闻的传说。然而这个堆雪球、做雪人的过程并未在当下结束，如果说时间就是雪花，那么时间不停止，这雪球将永不停歇地滚动下去，层层吸附、累

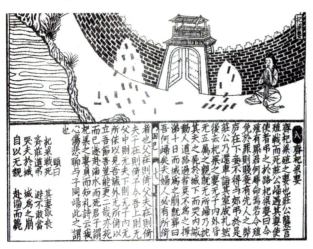

齐杞梁妻,《列女传》(南宁建安余氏刻本)

积，从而令传说的发展和成长有无限可能。

　　顾颉刚先生通过考察和分析中国传说古史，形成一个著名的历史观和方法论，即"层累地造成中国古史观"，认为中国古史的形成规律即先秦及秦汉时期的古书中所讲的历史，大多出于神话传说的演变，是由不同的神话传说一层一层累积起来造成的。顾颉刚先生的这一理论体系对于中国古史的研究有着巨大的冲击，而对于中国民间传说与故事的演变规律也有着不容小觑的启发作用。尤其是顾颉刚先生对于孟姜女传说如何经历三次大的转变，从最初见于《左传》中一位知礼的齐国战将杞梁之妻，经过一段历史时期的演变后，变成

"善哭"，最后又哭倒城墙的女性，再到隋唐时期有较详细记载和诗文流传的孟姜女千里送寒衣、哭倒长城等传说，进行了条分缕析的研究，其研究成果成为古史研究和民间传说研究的经典之作。上海大学的程蔷教授这样评价孟姜女的演变过程："正是在无垠的时间长河里，孟姜女传说像一颗小小的种子慢慢腾腾地发芽滋长，最后成为民间文学园圃中一株身姿婆娑、颜色凄艳的名花。"其实，不仅仅是孟姜女传说经历这样"层累地"演变，"四大传说"中的其他几则传说，也多经历了这样一个流传和演变的过程，尤其是入选《国家级非物质文化遗产保护名录》的第一批和第二批民间传说，多在自身的流传和

演变过程中，汇集成了"箭垛式"的人物形象和丰富集中的故事情节，其中的演变过程，主要体现在情节的叠加和主题的积淀两个方面。

情节的叠加

传说的演变过程中，故事情节往往由简单变得逐渐复杂起来。几乎每一个传说刚开始产生时，都较为简单，在不同的地域、不同的时代，历经民众们千万次的增饰改变，最后甚至变成长篇巨著。《白蛇传》、《花木兰》、《济公》、《八仙》等传说的演变都清晰地呈现出传说是在不断地情节叠加中丰富、丰满起来的。

在前文中，已经介绍了《白蛇传》在今天的讲述和

杨柳青年画《断桥》，采自《苏联藏中国民间年画珍品集》

各种形态的表演中主要的情节，尤其是西湖借伞、还伞成亲、赠银获罪、夫妻团聚、助夫开店、金山寺别离、水漫金山、断桥相会、生子别离、钵收白蛇、状元救母、雷峰塔倒等情节已经成为经典。然而，经过几代学人的研究，表明《白蛇传》传说最初的形态，可以在唐代谷神子《博异志·李黄》中找到记录。《李黄》讲述的是男女二人的偶然相遇，男子因为贪恋女子的美色，最后被由白蛇化成的美女害了性命。这一情节，保留在《白蛇传》中的，仅仅是许仙与白娘子的偶然相遇，以及法海坚持美女蛇会害人性命这两个情节。

到了宋代洪迈《夷坚志·孙知县妻》中，记载了这样的一则故事：孙知县美丽的妻子洗澡时禁止丈夫偷看，结果丈夫违禁看到正在洗浴的是一条蛇，孙知县疑惧成疾，郁郁而终。这一情节，发展到了明代著名的通俗小说家冯梦龙改写的《白娘子永镇雷峰塔》中，成为贪图白娘子美色的东家李克用偷窥白娘子如厕，结果被白娘子现出的蛇形吓病这一情节。在宋元话本《西湖三塔记》中，则出现了更多的情节成为后世《白蛇传》演变的基础：奚宣赞救人（施恩得报成为许多地方《白蛇传》中

1992年，根据清代玉山主人《雷峰塔奇传》及多种《白蛇传》传说而拍摄的《新白娘子传奇》风靡港台和大陆，成为《白蛇传》影视经典

用于解释为什么白娘子要嫁给许仙并苦苦追随许仙的主要原因），得到被救幼女母亲的欢爱，但后来却在幼女的帮助下逃出其母的祸害。奚宣赞的叔叔用道法救了奚宣赞，将白蛇等三妖镇压在西湖塔内。宋元话本中出现了一系列关键性的情节，除了施恩得报外，道人的出现、蛇妖被镇压在塔下等都是此后《白蛇传》中的主要情节，并一一被吸收进冯梦龙的拟话本小说《白娘子永镇雷峰塔》中。

《白蛇传》情节增添最多的是在明代冯梦龙笔下的《白娘子永镇雷峰塔》。冯梦龙吸收前人关于蛇妖害人传说的种种情节，加上大胆的改造和创新，增添了许多人物和情节，最后形成的白蛇故事成为历代各种《白蛇传》写本吸取的固定情节：游湖、避雨同舟、借伞、成亲、盗官银、金山寺寻夫、金山寺斗法海、法海收妖、白娘子被镇雷峰塔等。冯梦龙的《白娘子永镇雷峰塔》是《白蛇传》传说演变史上，情节较为集中的一次增加，基本奠定了《白蛇传》传说的主体情节，此后无论是地方传说还是民间戏曲和说唱，都基本保留了这些情节。

到清代中期，一批说唱艺人、文人大力参与到《白蛇传》的改编中，其中最有影响的，包括黄图珌《雷峰塔传奇》（乾隆三年，1738年）、题名玉花堂主人作的《雷峰塔奇传》（大约初刊于清嘉庆十一年，即1806年）和稍后的白话小说《义妖传》（于1810年出版）等。这些以剧本、评书、通俗小说等形式呈现的《白蛇传》传说的文人编创作品，一方面吸取了明代冯梦龙的《白娘子永镇雷峰塔》的关键情节，另一方面，也吸收了当时民间口头流传的《白蛇传》的一些情节，其中最主要的一个《白蛇传》的情节发展，就是在许仙和白娘子的爱情基础之上，增加了二人的儿子许仕林的出生及考状元并救母等情节，被称之为"白蛇后传"。尤其是玉花堂主人所作的通俗小说《雷峰塔奇传》，基本已经形成了"白蛇出身"、"白许相恋"、"生子救母"三大部分的较为齐全的"白蛇传"及其衍生故事。

在民间剪纸、年画以及其他各种雕塑和民间美术中，最常见的《白蛇传》题材在《雷峰塔奇传》中都已经定型，包括一是端午节许仙劝酒，被白蛇现形吓死，白蛇冒死求得仙草救夫；二是水淹金山寺；三是白蛇生子，许梦蛟高中状元，救母出塔等。这些情节在冯梦龙的小说中并未出现，可能承袭于较之稍早一些的戏剧和民间口头故事，如方成培《雷峰塔传奇》中的"端阳"、"求草"、"水斗"与"断桥"等情节，但《雷峰塔奇传》用了大量的笔墨来铺叙，分别在第四回（白珍娘吕庙斗法，许汉文惊蛇殒命）、第五回（冒百险瑶池盗丹，决双胎府堂议症）、第十回（淹金山二蛇斗法，叠木桥两怪叙情）这三章中进行详细叙述；又将方本《雷峰塔传奇》卷四诸出"断桥""腹婚""重谒""炼塔""归真""塔叙""祭塔""捷婚""佛圆"化为"白蛇生子"及其子高中状元、祭塔救母的完整故事，即以"第十一回 怒狠狠茅道下山 喜孜孜文星降世"、"第十二回 法海师奉佛收妖 观世音化道治病"、"第十三回 标黄榜名震金街 结花烛一家完聚"三回中许梦蛟的视角来叙述故事，此时白蛇与许仙的故事退为次要，许梦蛟故事成为故事主体。此后通俗小说中以民国时期题名"梦花馆主"作的《寓言讽世说部前后白蛇全传》为代表，多是在这三个版本的基础上铺叙而成。这一部分的情节也成为后来的《寓言讽世说部前后白蛇全传》（民国上海广益书局印本，题作梦花馆主作）等通俗小说和戏曲影视作品中"后白蛇传"的主体。需要指出的是，这些清代的《白蛇传》改编本，在情节上的大幅增加，无疑是极大地丰富了《白蛇传》的民间流传内容，但同时，民间还并行不悖地流传着其他一些《白蛇传》的情节和异文，如关于白娘子被救出塔，包括镇江和杭州西湖在内的许多地方流传的都是白娘子的好姐妹小青经过苦苦修炼，最后打败法海，救出白素贞。

《白蛇传》在流传的过程中，不断"层累叠加"，最后成为一部以男女爱情婚姻故事为中心，融合了佛道之争、因果之说、科举救人等复杂的内容和情节的长篇大著，其过程代表了传说在流传过程中在情节方面不断丰富的模式。

　　复杂的、长篇的民间传说往往在开始只有较为单一的情节。如《白蛇传》中最初只有"蛇化美女害人"，《孟姜女》在流传之初只是一个丧夫的女子拒绝君主不合礼仪的郊外吊唁的片段，《牛郎织女》只是关于星宿中"牛郎"和"织女"两颗星星的名字。但是随着时间的流逝，传说的情节"东拉西扯"，从前因后果方面不断地增加情节的数量，虽然还保留了最原始形态中的某些成分，如蛇女、丧夫、主人公的名字等，但已经与单一情节有了巨大的差异。

　　民间传说的情节叠加往往注意因果扩展，其扩展的方式，多是对于单一情节的起因和情节之后的结果，各自追加更加复杂的解释，即对于单一情节会追问"为什么会有这一情节"与"这一情节造成什么后果"等等，从而形成了原因、过程和结果的三段式的传说叙事语法。《白蛇传》中蛇精与人的一世纠缠，在不同地区的流传中，往往增加了为什么白娘子会和许仙结为夫妻、为什么法海要收服白娘子，这就是对于故事最原初的情节所增添的"原因"式的扩展。"白蛇后传"中生子、中状元、孝子救母等情节，则是在渐次发展的"被镇塔下"这一情节的"后果如何"的拓展。在《孟姜女》传说中，同样存在为什么孟姜女会哭、孟姜之哭会有什么后果、这一后果之后又有何种事情发生。在传说的演变过程中，向原因和结果两个方向不断扩展是情节叠加的重要发展过程。

民间传说的情节叠加注重人物的扩展。许多民间传说往往是由最初的两个人的故事渐渐地演变而为系列人物的故事。四大传说中，《牛郎织女》传说从最初的牛郎与织女两个人物，渐渐增加了二人的儿女、西王母、狠心的兄嫂、太白金星等人物；《孟姜女》更是把皇帝也加了进去，在有的地域流传的孟姜女传说中，又加入了想乘孟姜女千里寻夫之际霸占她的恶仆、孟姜女落水后帮助她复仇的龙王等；《白蛇传》中先后增加许仙的姐姐、姐夫、儿子、外甥女、道士、法海、虾兵蟹将等等，甚至有专门的小青学武复仇的传说，有的后来增加的人物甚至成为某些地域的《白蛇传》传说中的主要人物；《梁祝》传说中，原来只是南北朝时的民歌《华山畿》，痴情的男子爱而不得终致死亡，女子也痴情地等到男子的棺木来到后，殉情而死，在民间传说的流传过程中，渐渐增加了讥讽祝英台女扮男装会使女儿家清白不保的薄情嫂子、一心求娶祝英台的马少爷、学堂里猜出祝英台女儿身份的师母，她不但不阻止祝求学，还处处帮助她避开暴露身份的危险等等。

在包公传说、花木兰传说等民间传说中，也不同程度地增加了人物。人物的增加与情节的增加几乎是同步的。一般而言，增加的人物都是主人公的帮助者或者对手，有时甚至是增加多个帮助者，但对手往往只增加一到两个，这样既能较集中地突出主人公的磨难和精神，又不会令故事情节显得分散。

此外，传说中还有一种传说演变的现象，即由刚开始的一个人物的传说，逐渐演变成以这一人物为起点，展开系列相关人物故事的传说群。这种现象的代表性传说包括杨家将的传说、岳家军的传说等。如杨家将的传说，以杨老令公领着子辈抗辽为主线，发展出杨家七个儿郎在抗辽的斗争和日常生活中的许多故事，再发展到杨门女将、佘太君的传说，以及勇武的烧火丫头杨排风的故事、孙媳穆桂英挂帅的故事等。

民间传说在时间的长河中，从简单走向丰富，是口耳相传的民间艺术所凝聚的民众无穷无尽的创造力的展现，其间也有不少能写善书的文人参与进来，他们也为民间传说的丰富贡献了不少的财富。尤其是像冯梦龙这样痴心于民间文学，曾搜集和记录《山歌》、《挂枝儿》、《笑府》等民间文学作品的民间文艺家，对于传说的演变更是具有重要的转折性意义。但这些文人参与改编甚至有部分创造性情节的作品最后能不能得到民众认可，是否能够在民间传承下来，仍然取决于这些改编作品是否符合民众的审美需求，是否与同时代民众的道德判断和精神需求相一致。只有得到民众认可与接受的作品才能被民众口头讲述，从而进一步地流传至民间，并进一步地口耳相传。民间传说也在这种不同讲述者、改编者的增减、修饰情节的发展中，不断地调整、增加甚至改变故事的思想情感，因为情节的演变与主题的演变一般都具有同步性，所以传说的主题也在这一发展中不断地积淀新的内涵。

主题的积淀

主题本身有多重含义，有时被用作题材概念，对表现社会生活某一方面的题材进行某一主题的命名，如民间传说中最常见的爱情主题、宗教主题、阶级斗争主题。有时用于指文学作品所蕴含的思想情感倾向，当用于这一意义时，文学作品的主题往往就是内容的意义和核心，作品的全部材料和表现形式传达的意义有可能是单一的，也可能是多重的。民间传说的情节是在不断地演变中丰富起来的，而民间传说的主题也随着情节的演变不断地发生变化。

民间传说虽然会运用一些奇幻的情节，但反映的却是民众的生活，传说的主人公有的是帝王将相，但更多的是平民百姓，但无论是帝王将相还是平民百姓，都是老百姓思想情感和理想愿望、道德评价的寄托，同时也真实而深刻地反映了各个历史时期的社会风貌、时代精神和历史本质。在前文中，曾举过明代名臣刘伯温的传说，这则传说虽然讲述的是名相名臣的故事，却与包公传说、杨家将传说等一样，表达了民众对于民间智慧的尊敬、滴水之恩涌泉相报的朴素思想。有的帝王传说实际上是农民起义首领的成长史，这些传说表达的是对正义和美德的赞扬。当历史发生了变化，那些对不道德、不公平进行反抗的农民起义者，会渐渐变为怜贫惜老、斩杀地主恶霸的革命者，如贺龙、朱德等革命军人的传说，农民起义传说中那些勇敢善战、不怕牺牲的主人公，也发展为张自忠、杨靖宇等不畏艰难、宁死不屈的抗日名将。每一个时代的民间传说，都是对于前代传说在情节和主题方面的继承，也必然会融合时代精神后发生情节的增加和主题的变化，既反映一些人类永恒的主题与精神，也反映了人类思想不断进步的精神文化。

民间传说的主题积淀大略有以下几种情况：一是主题随时间的发展而不断地发生改变，甚至发生翻天覆地的巨大变化，已经对最初产生的情节所表达的主题有了否定性的改变，且在不同的时代，呈现出不同的文化精神；二是传说的演变中，随着情节的增加，最初的主题始终得到强调，且始终未发生大的改变，但另外附加的主题在演变中随着情节的增加而增加，从而成为传说新的增长点。

第一种情况以《白蛇传》的主题演变最为鲜明。在唐宋的《李黄》、《西湖三塔记》等白蛇故事中，蛇女容貌美丽、绰约有姿，男性往往一见倾心，并与蛇美女交媾往来，结果是或者性命难保，或者历经惊险才勉强逃脱危险。这些故事传达了"红颜祸水"的思想，主要表达"世人莫要贪恋美色"及"人与异类不能共处"等主题。在《白娘子永镇雷峰塔》中，这一主题仍然非常鲜明，小说用法海和许宣这两位代表"正"与"善"的立场的人物所作的诗作为故事的结尾，法海在故事结尾题诗：

> 奉劝世人休爱色！爱色之人被色迷。
>
> 心正自然邪不扰，身端怎有恶来欺？
>
> 但看许宣因爱色，带累官司惹是非。
>
> 不是老僧来救护，白蛇吞了不留些。

许宣临终前的警世诗曰：

> 欲知有色还无色，须识无形却有形。
>
> 色即是空空即色，空空色色要分明。

但《白娘子永镇雷峰塔》并不仅仅表达了以上两首诗所代表的思想主题，从小说所塑造的白娘子的形象来看，其间还寄托了对于女性贞洁的赞扬、对女性追求爱情而不得的同情等，虽然这些只是较微弱的声音，却在后来的《白蛇传》的主题转变中起到了承上启下的重要作用。小说极力渲染白蛇对许宣的眷眷爱恋之心：在几次遭到人们的怀疑时，白娘子出于自卫都采取了行动，但并没有对人造成实质性伤害。第一次是许宣遇到终南山的道士，道士赠灵符要镇伏白娘子；为证明自己并非妖怪，白娘子当众吃了灵符，对于挑拨夫妻关系的道士，她只是将其吊起又放下以示惩罚。第二次是面对垂涎白娘子美色的李克用员外，为保清白，白娘子现出原形吓了李克用，但并未伤他性命。第三次是在许宣姐夫家，许宣与姐夫请专门捉蛇的戴先生去捉白娘子，白娘子也只说"没有，休信他们哄你"，如此几番欲请戴走，实在无法令其退却，也只是令戴"风过处，只见一条吊桶来大的蟒蛇速射将来"，虽然"那条大蛇张开血红大口，露出雪白齿，来咬先生"，但戴先生还是安全走脱了。如果白娘子真有伤人之心，戴岂有能走脱之理？冯梦龙在小说中有一句评语："人无害虎心，虎有伤人意"，正指的是白娘子并无害人之意，人却有伤她之心。直至法海最后收她于钵内，她也并未伤害任何人。尤其感人的是，当法海要白蛇现出原形时，白蛇不肯，这是怎样的一种心情：即使面临分离，也要在心上人面前力求保持着美好的形体。当被法海逼出原形后："看那白娘子时，也复了原形，变了三寸长一条白蛇，兀自昂头看着许宣。"这一看，应是多少未尽的话语，多少未了的深情与多少被辜负了的遗恨啊！这一描写，在20世纪90年代的电视剧《新白娘子传奇》中演变成白娘子被吸入紫金钵盂和镇压雷峰塔下时努力挣脱的身影和对许仙绝望眷恋的眼神。

到了清代，弹词《义妖传》等作品进一步肯定了白娘子对于爱情的执着与

朱仙镇年画《盗仙草》，采自任鹤林编《开封朱仙镇木版年画》，河南大学出版社 2005年版

坚贞，虽然在一定程度上，还是对于"美色祸人"等思想有所继承，但更多的是借人与蛇之间的爱恋之艰难，借喻和抨击市井男女之间爱情所受到的世俗阻力，这些阻力来自宗教信仰、婚姻与金钱的束缚关系等。《雷峰塔奇传》表明故事主题进一步由男子受色诱遭难向蛇女追求人间情爱遭难转换。戴不凡在1953年发表于《文艺报》的研究文章中指出："最早传说中的白蛇精，可能是一个凶狠的妖怪，那时故事的主题，该是强调人妖不可共居。"后来逐渐演变为男人与女人之间的对立，最后成为"一个以反封建为主题的神话"，"通过追求幸福的妇女（白蛇）和封建势力（法海）的矛盾和斗争而表现出来"。尽管今天我们很少再直接提出这是一个"反封建"的"阶级斗争"的传说，但在近百年来，《白蛇传》的演变过程中，包括田汉、李瑞环等人都多次参与到相关戏曲剧本的改编，美籍华裔学者丁乃通先生曾说道："如果没有共产主义革命的话，《白蛇传》只会是一个妇孺皆知的故事，偶然有几个不落俗套的文人加以润饰成为正经的文学……共产党获得政权之后，从这个故事的许多中国异文中，发现它隐喻或明确地反对旧中国的习俗与制度，于是试图将这故事改为用来鼓励妇女独立和婚姻自由。"其实这一时期的政治环境固然有其独特之处，但从更长历史时期来看，对于爱情自由的强调、爱情忠贞的执着，是《白蛇传》主题在近四百年间发展的主旋律。

传说主题演变的第二种情况，可见于《花木兰》、

1956年常香玉主演豫剧经典《花木兰》，多年传唱不衰

《牛郎织女》、《梁山伯与祝英台》等传说的演变中。《花木兰》在《木兰诗》等产生的年代里，主要表达的是孝道与忠君的主题，这种主题在唐朝和明清时期的民间传承和文人记录及改编中，一直得到保存和强调。在20世纪初，当中国面临外强入侵与内部忧患的时刻，许多文人将花木兰的传说进行改编，《女报》、《真话杂志》、《中国白话报》等新兴报刊都登载过不同作者编写的地方戏《木兰从军》。话剧剧本中有20世纪20年代左干臣的《木兰从军》（又名《女健者》）、易乔的《巾帼英雄》（1940年）和周贻白的《花木兰》（1941年）。梅兰芳20世纪20年代主演过他和齐如山根据《隋唐演义》编写的29场剧作《木兰从军》，其他剧种如越剧名家袁雪芬、粤剧名家红线女、桂剧名家罗桂仗等，亦相继以各自出色的技艺在梨园舞台上塑造过这位女扮男装英雄的动人形象。这些文本，都强调了木兰的英勇、忠君爱国等主题。

木兰传说的忠孝主题之外，也产生了一些附加主题，其中最主要的附加主题包括两个方面：一是男女平等，二是自由抗争。男女平等这一主题产生巨大影响是在20世纪50年代和70年代。50年代，豫剧表演艺术家常香玉的《花木兰》；70年代，魏晋南北朝时期的《木兰诗》入选全国中学生古诗学习的教材。前者主要以名家名段的巨大影响来传播其不同于往时的思想内容：

刘大哥讲话理太偏，谁说女子享

清闲。

男子打仗在边关，女子纺织在家园。

白天去种地，夜晚来纺棉，不分昼夜辛勤把活干，将士们才能有这吃和穿。

恁要不相信啊，请往那身上看：

咱们的鞋和袜，还有衣和衫，千针万线可都是她们连。

有许多女英雄，也把功劳建，为国杀敌是代代出英贤。

这女子们哪一点不如儿男？

常香玉这一经典唱段在近二十年里，依然非常流行，1991年、1994年、1998年、2011年等多次在中央电视台春节联欢晚会上表演，几乎家喻户晓，是木兰传说在全国传播的重要艺术形式，其中宣扬的主要是男女平等的主题，女性在社会生活、家庭生活、家国责任中具有与男子相同的贡献，有同样重要的地位。这与新中国成立之初，对于20世纪20年代以来的男女平等思想

中国电影《花木兰》

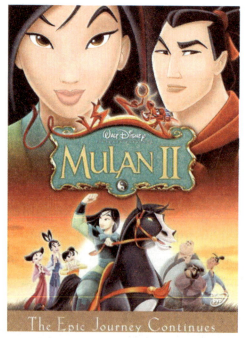

美国迪斯尼动画《木兰》

的宣扬有所继承和发展的政治导向有密切关系。

后者为《木兰诗》入选中学教材时被解读的主题思想。20世纪70年代关于此诗在教学中的意义讨论，就主要集中于男女平等、女性英雄问题的强调。在洪宗礼主编的《义务教育课程标准实验教科书语文教学参考书》中，对于这首诗的主题，特别强调"她爱亲人、也爱祖国，把对亲人和对祖国的爱融合到了一起。木兰的形象，是人民理想的化身，她集中了中华民族勤劳、善良、机智、勇敢、刚毅和淳朴的优秀品质……"因此，作为奠定所有改编和再创作的原型与基础的《木兰诗》所倚仗的较为原初的叙事主题中的孝顺与忠君，被附加了女性主义的思想，也与近百年来中国一直在努力进行的爱国主义、男女平等的思想教育有关。

此外，还有一些影视剧作以花木兰的传说为题材，实际上传达的是人们对于古代女性的想象，有的以木兰为题材的影片已经更加远离木兰传说原本的忠孝主题。据不完全统计，从1927年至2011年，至少有13个版本的影视剧以木兰传说为题材，如1927年的黑白默片《花木兰从军》，1939年的电影《花木兰》、《木兰从军》，1951年版电视剧《花木兰》，1961年版电影《花木兰》（导演：黄鹤声），1964年香港邵氏公司出品彩色故事片《花木兰》，1996年电视剧《天地奇英之花木兰》（又名《排山倒海花木兰》），1998年台湾版电视剧《木兰新编》（上部）和《木兰从夫》（下部），1998年美国好莱坞动画大片《木兰》（Mulan），2009年赵薇主演电影《花木兰》，2012年中国大陆电视剧《花木兰》等。其中，香港地区和台湾地区的电视剧将木兰的英雄形象加以解构，着重突出木兰身为女性的种种不如意，如婚姻中的婆媳关系、君臣关系等，而美国电影《花木兰》则更加注重从个人价值的自我实现以及西方文化一贯强调和突出的个人英雄主义的立场来塑造木兰形象。这些新增的附加主题有的在当时有较好的影响，且同时并未背弃原有的忠孝主题，但新增主题在时间的长河中能否回归到口耳相传的民间叙事中去，为更广大的民众所接受和传说，还是有待时间的考验。木兰传说为代表的主题演变的经验说明，任何能够经得起历史考验的传说主题，它的演变都是在这种反复的调整中，去粗取精才能得到有效的继承。

民间传说的价值与活力

　　民间传说虽然主要以口耳相传的方式流传，但是却并非仅仅以口头讲述的方式在民间流传。俄国著名汉学家李福清院士曾指出："中国民间文学有与其他民族民间文学不同的特点。一般来说，一个情节，一个题材，可以用许多文体、许多体裁来表现。"恰恰因为民间传说有着鲜活的生命力和各种潜在的价值，所以历来为其他文学和艺术的形式所运用，又以各种形式进入到文人的视野。诸多民间传说在历史上曾被志书记载，又得到文人青睐而被编创为各种短篇或长篇小说，也在民间艺人的说唱文学中成为较普遍的题材。传播较为成熟的民间传说，往往还在其他民间艺术中成为表现的主题，如年画、雕刻、泥塑等民间美术和手工艺品。对中国四大传说颇有研究的罗永麟先生（1913—2012，四川自贡人，民间文学理论家，原华东师范大学中文系教授）曾指出，《白蛇传》很早就有两个独立的流传系统，"一由文人写定，一流传于民间"；而顾希佳先生（1941—　，浙江嘉善人。杭州师范学院人文学院研究员）曾经以《白蛇传》为例谈到中国民间故事与俗文艺的互动情况，指出从蛇妻故事到《白蛇传》传说、说话与说唱、戏曲舞台上的《白蛇传》这三条途径。以《白蛇传》的传播形态来看，以上诸种形态还都只是民间口耳相传的较为原初的形态，如剧种繁多的民间戏曲，包括粤剧、越剧、川剧等多个剧种，《白娘子》都是其传统曲目，另有民间叙事诗（《江苏省民间歌谣集成》）和道情等都是其载体。无论是两个途径也好，还是三种途径也罢，都只部分地呈现出民间传说在历史上曾经以怎样活态的力量进入到多种文艺传承中去，而民间传说在当下正以一种特殊的方式，在文化传播中，展现其丰富的文化价值，这种实现方式已不同于过去农耕时代，只能受制于地域及口头和书面两种主要传播途径的限制，更多地依赖于科技的发展。

据孙正国博士统计的《白蛇传》传说在近百年来的影视剧作拍摄情况："自1926年以来，六个国家和地区先后拍摄有邵醉翁导演的《白蛇传》等电影、电视剧和舞台剧20部，其中，日本2部电影，新加坡1部电视剧，英国1部电影，中国台湾2部电影、1部电视剧，中国香港3部电影、1部电视剧、1部舞台剧，中国大陆7部电影和1部电视剧"，数量之丰富，令人惊叹。在影视、舞台剧作之外，还有动漫、歌曲、游戏等。在很多风靡一时的影视剧作中，国人喜爱的很多人物形象都源自传说，如《康熙微服私访记》、《铁齿铜牙纪晓岚》、《宰相刘罗锅》、《少年包青天》、《济公传奇》等等，数字化媒介的参与在其中可谓功不可没。花木兰的传说在1939年即被改编为电影《木兰从军》，"这部片子一出来，打破了卖座的纪录"。美国动漫《木兰》在全球推出后取得了当年票房排行第13的成绩。2009年版电影《花木兰》上映，发行到22个国家和地区，参展20个国际电影节，"木兰"一角的饰演者赵薇因之获得包括金鸡百花电影节、长春电影节、上海影评人奖和越南DMA电影大奖等国内外电影节在内的多个影后桂冠，该片也获"百花奖优秀故事片"奖。这些影片的大卖、影星所获得的殊荣，与影片本身所讲述的故事内容在民众中有着良好的影响力和口碑，在文化价值上得到大众认可，有着非常密切的关系。这表明，民间传说在口头传统文化不断被强调"式微"的情况下，仍然有着极强的生命力，不断向各个文化艺术领域输送养分。

民间传说的活力形成于集体传承中的"变"，每一处细微的变化，都有自身的原因，同时，也打上了时代文化精神的烙印。正是在变与不变之中，民间传说以其固有的多样化价值，在历史上发挥其作用。民间传说反映了一定的社会现实，寄托了人们的生活理想、情感和社会认知，具有一定的现实意义和理想色彩。传说往往有着较为明确的道德价值判断，通过讲述故事的方式来传达这些价值判断，又能够在娱乐中起到宣传教育的作用，这种"寓教于乐"的功能较之正统的文化教育中教条化的说理、劝服等更具有影响力。

传说与历史相依存，虽然传说的情节从本质上是虚构的、传奇性的，但无论情节如何奇幻，她承载的依然是生活的真实，在离奇的情节和奇幻的人物形象中，必然包含人们对于生活的认知。民间传说与中国传统文化的精神紧密相关，传说中有着非常鲜明的道德价值判断，赞扬什么，批判什么，在那些讲述忠孝节义的帝王将相和英雄美人传说中，都立场鲜明地展现出来。这些传说都反映了一定历史时期，人们对于这些文化精神的态度。这些精神性的认知，通过传说得到褒扬。还有一些生活中积累的知识，也通过传说而得到保存和传达，如王羲之与"墨池"的传说中，王羲之为了练好字，写完八缸墨水，最后成为了杰出的书法家，这一情节也被用于王献之等其他书法家的传说中。因为见到一个立志要把铁杵磨成针的老婆婆，李白受到启发，发愤读书，最终成为一代诗仙。其他的文人传说、行业神传说中，都不乏这类为了掌握一门好的本领而勤学苦练的情节，这些传说都传达了一种基本的认知，即爱迪生的名言："天才，百分之一是灵感，百分之九十九是汗水。"这些情节可能并非历史真实，其价值也不仅仅在于为后人留下"洗砚台"、"磨针石"等地方风物供人参观游览，而是将人们世世代代的生活实践中已经领悟到的真理，以生动活泼的故事讲述出来，告诉人们，无论哪一行，哪一业，要想成为杰出的人才，必须付出巨大的努力，否则必然不会成功。

民间传说在人们的生活中传达审美感受、道德判断和对生活的认知，往往以朴素的语言来传递生活的真理，这是民间传说与民众生活最直接相关的价值，也是民间传说最直接的现实社会作用与意义。此外，民间传说已经成为一门专门的学问，被称之为"传说学"。它能成为一门学问，既是因为它在历史上对人们的生活发挥过如此重要的作用，还因为在学术研究、文学创作中也具有非常重要的价值。以顾颉刚先生的孟姜女研究为代表的中国民间传说研究，表明了中国民间文学在历史学研究、社会风俗研究、政治文化研究等方面的重要意义。民间传说中大量的历史政治人物、各族人民的风俗传说、各种行业神（实际上为古代科学技术人物）的传说等，都为政治、经济、军事、科技等领域的研究提供了宝贵的民间文化史资料。

民间传说还是文学创作的重要源泉。民间传说在戏剧文学中的活力在《梁山伯与祝英台》、《花木兰》、《白蛇传》等传说的流传演变中有所介绍。民间传说作为重要的题材，还是民间歌谣、民间叙事诗的重要材料，如在全国各地广泛流传有"十二月歌"，以十二个月份来叙述孟姜女独守空房、万里寻夫、哭倒长城的故事情节；"十八相送"也是在全国广泛流传的"梁祝"民歌；即便是在城市化不断发展的城镇里，《假如我是梁山伯》、《白狐》、《法海你不懂爱》、《孟姜女》等通俗歌曲也以民间传说为基础，广泛流传，受到许多人的喜爱。

非物质文化遗产保护工程的开展，源于现代化生活方式对于传统文化的侵蚀，民间创造、传承的这些优秀文化濒临失传的危险，有许多民间技艺即使受到了不同层级的保护，也只能永远成为历史记忆，得以保存而非传承。民间传说在保存与传承两个方面都有较多优势，以上所举现代娱乐方式利用民间传说而取得的种种成绩，只是呈现了民间传说在多样化传播中的一个方面。另一方面，民俗旅游对于民间传说的重视，也说明了民间传说的生命力之旺盛，有的地方出现有传说才开发旅游的局面，甚至还有一些地方，为了发展旅游而去编造"民间传说"，而这些"假冒"的民间传说也有一部分经过不断的传讲，而被更多的人口耳相传，进而成为真正的民间传说。在越来越注重劳逸结合的今天，旅游已经成为人们休闲娱乐的一种重要生活方式，在节假日里，与家人和朋友一起，走一走名山大川，看一看名胜古迹。北京师范大学杨利慧教授曾指出，在新的时期，神话正以"导游词"的新方式得以流传，而各种地方名胜传说、各民族的风俗文化传说，无疑也正以积极的方式参与到旅游文化，且已经成为旅游文化的重要组成部分：游云南石林，必然会听到阿诗玛的传说；观天池，必然会闻知满族的始祖传说；登黄鹤楼，必然会了解到"昔人已乘黄鹤去"的风景名胜传说与名人传说……这些都说明民间传说具有充沛的活力，在历史上发生过重要的作用，在今天仍然有着重要的价值，为人们丰富的文化生活增色添彩。

民间传说的活力首先来自于自身的美。美有多种，或轻松愉悦，或悲壮慷慨，或振奋乐观，民间传说的美也呈现出多样化，既有轻松愉悦的才子"解难题"和在无伤大雅中谐趣斗智的徐文长传说、快嘴李翠莲的传说，也有杨家将、岳家军、戚家军等为国捐躯、战斗到底的英雄说群体传，当然也有在旖旎曲折的情节中，扣人心弦、令人心醉的各种爱情传说。传说从情节到主题，都能为人们带来美的感受。

民间传说的活力来源于传说的集体性。传说中的人物、情节和结局，从来都是在不断地演变的，地域环境的差异、民族文化传统的差异，时代文化的主旋律等，都在传说的集体性讲述、倾听中，得到反映。传说的讲述往往会根据这些差异，按照老百姓自己的理想，通过人物的命运、故事的结局等来表达意愿，所以人物相同的传说，会在不同的地域、不同的民族和不同的时代呈现出千差万别。如梁祝传说主要在以江浙为中心的南方汉族中流传，但在历史的进程中，也随着人口的迁徙、文化的交流等等，流传到了白族、布依族、苗族、壮族、侗族等少数民族中去。而梁山伯与祝英台虽然仍然是传说的主人公，但已经与汉族的上虞一带传讲的梁祝传说在情节、风俗等方面有了很多的差异，呈现出浓郁的民族色彩。如在白族和布依族的梁祝传说中，二人不再"百无一用是书生"，而变成了能够自己动手盖课堂、造桌凳、挑水做饭、上山砍柴的劳动能手。而发生变异的还有与之相关的一些风物名胜，汉族的祝家庄、读书求学的杭州城，在少数民族的传说中分别演变成当地的县府所在地或首府所在地，如布依族就说是在贵阳，壮族说是在广西柳州，侗族将其改为岳州，白族将其改为苍山洱海等。汉族经典的"化蝶成双"的情节，也变成了少数民族文化中普遍为人们所接受的母题，包括化为磨、金佛、柳树、彩虹等。

在这本小小的书册中，我们只能读到中国民间传说的冰山一角，当我们这一次的传说之旅不得不结束的时候，那精美的石头依然还在闪烁着光芒。中国民间传说丰富多彩，就像那浩瀚、璀璨的夜空中大大小小的星辰，无法数清，也无法一一命名，很多时候，人们没有注意到，又或者因为一些原因而被雾霾层层遮住，但它们一直都在，只有有心人才会耐心地等待、细心地观察，享受那独特的美丽。希望你也和我一样，在人生的漫长旅途中，不时地仰望这些"星辰"，有这份美丽相伴，其乐也融融。

主要参考书目

（日）柳田国男著，连湘译：《传说论》，上海文艺出版社1987年版。

程蔷：《中国民间传说》，浙江教育出版社1989年版。

贺学君：《中国四大传说》，浙江教育出版社1989年版。

黄景春：《民间传说》，中国社会出版社2011年版。

黎邦农搜集整理：《包公的传说》，光明日报出版社1986年版。

祁连休编：《历代文学艺术家的传说》（第一册），上海文艺出版社1981年版。

一苇编：《中国民俗传说》，中国广播电视出版社1996年版。

钟敬文主编：《民间文学作品选》（第二版），高等教育出版社2010年版。

涂石著：《民间文学》，上海古籍出版社1996年版。

（明）胡应麟辑，王一工、唐书文译：《搜神记》，上海古籍出版社1995年版。

注：当代传说部分，重点参考ISBN中心出版的《中国民间故事集成》各省卷本。

后　记

　　"中国民间传说"是许多高校中文专业开设的《中国民间文学》这一课程中十分重要的授课内容。无论是在南方还是北方的高校，我都曾对这些来自全国各地的学生们讲述过各种各样的传说，他们饶有兴味的表情及批评都证明了传说的吸引力。与古老的神话、充满了娱乐与幻想的民间故事、神圣而古老的史诗等其他民间文学的内容相比，传说显然更加贴近历史和现实，它对于学生的吸引力，首先在于它能引起学生对于家乡情感的重新认知，进而培养他们对于中国丰富多彩的民间文学的情感，这种情感愈早在人们的心中启发而出，便愈能增强乡土认同和民族自豪感。

　　当刘锡诚先生将《中国民间传说》这本书的写作任务交给我时，我心中十分高兴，又倍感压力。高兴的是近十年来，为了教学和科研，长期关注和搜集的传说类资料能够得到一次"清点"的机会，并且是向中学生这一个充满希望的群体来介绍相关内容；倍感压力的原因在于，这一书系中民间文学其他部分的写作多是由长期耕耘于相关领域的专家和学者来完成，能够有这样一个机会参与这份工作，与有荣焉，又恐因个人能力所限而影响大局。但无论如何，我还是怀着"初生牛犊不怕虎"的勇气与热情，完成了这本小书。

　　书中所引传说作品都选自公开出版的刊物，其中既有古典文献，又有近百年来民间文学工作者搜集整理的口头演述文本，因篇幅限制，仅列出主要参考文献，未能在每则传说中一一列举出处。因此，首先要感谢这些传说的讲述者与记录者，他们有的在记录中留下了姓名，更多的讲述人和采录者默默无闻于生动的文字背后。因篇幅限制，许多传说只能节选和缩写，虽尽力保有民间讲述的原汁原味，但在简省中难免会失去许多韵味，在此只能向那些最初的讲述者与传承人说声抱歉了！还要感谢从事传说的搜集、整理、出版和研究的民间文艺工作者和前辈学者，虽然全书尽可能追求以通俗易懂的方式来展现中国传说的相关内容，但介绍性的文字中，还是隐藏着关于民间传说的诸多定义和现阶段的研究成果，这些均是以传说研究的前行者所取得的成果为基础而展开的。

尤其要感谢的是刘锡诚先生，此次写作也多得先生鼓励、指导与审校，一如先生多年来在我的学业与人生道路中的指导与帮助！本书编辑李云伟先生为这本小册子的图文费心不少，我的学生石志光、熊衍羽和田永峰也为本书校对和图文等提供了诸多帮助，在此也深表感谢！文责自负，传说是故事的叙事，关于这一叙事的"叙事"，如有不当之处，真诚希望方家和读者不吝赐教。